宇喜多秀家の松

縞田七重

論創社

宇喜多秀家の松

目次

1　火を噴く島

男はまなじりを上げ、まなこをカッと見開いて眼前の光景を凝視した。

爪が食い込むほど握り締めた拳は緊張感で小刻みに震えている。それは、ほんの数年前まで日常的に体験していた戦場での高揚感とは異質だった。

男が備前宰相《びぜんさいしょう》宇喜多《うきた》秀家《ひでいえ》と呼ばれていた頃、彼は一万を越える兵を率いる大将として、あまたの戦地を駆け抜けてきた。颯爽と馬を駆り、愛用の鳥飼《とりかい》国次《くにつぐ》の脇差を手に猛然と敵陣へと斬り込んだ。

その彼が今、幕府の御用船の舳先から、自分のこれからの住処である島の外観を見つめている。

「父上、島が燃えています」

傍らの嫡男宇喜多《うきた》孫《まご》九郎《くろう》秀高《ひでたか》がおののくようにつぶやいた。

眼前に迫るのは鳥も通わぬといわれる絶海の孤島、八丈島である。

西山と呼ばれる八丈富士、東山と呼ばれる三原山、二つの山から成る八丈島の島影は黒く、山の裾野は燃えるように赤かった。まるで地獄に住む魔物が真っ赤な口を大きく開けて、船を飲み込まんと待ち構えているかのようだ。

船上で対峙する秀家は、肩をいからせ、さらに拳に力をこめた。

この年、慶長十一年（一六〇六）一月、八丈富士が噴火した。火口から流れ出た溶岩が南原の海岸沿いを覆い、いまだに燃え盛っていた。船から見ると島がぽっかりと赤い大きな口を開けているかのように見える。

海はようやく凪ぎ始めていた。

備前岡山五十七万石の大大名、宇喜多秀家が、関が原の合戦で敗れてからすでに六年の年月が経っていた。西軍の副大将であり、敗戦の将として切腹を覚悟した秀家であったが、家臣の強い勧めで生き延びることを選んだときから流転の人生が始まった。伊吹山中を彷徨い、その後、同じ西軍であった薩摩の島津家に匿われた。慶長八年（一六〇三）、幕府と和解が成立した島津家当主、島津《しまづ》忠恒《ただつね》によって秀家は徳川家康に身柄を引き渡され、翌十年（一六〇五）、家康の跡目を継いだ二代将軍秀忠に判決を言い渡された。

『死一等を減じ、八丈島への遠島を申し付ける』

流罪である。流罪といえば死罪に次ぐ重刑だ。ましてや八丈島は江戸から南へ遥か七十四里、戻れる可能性がほとんどない島である。

慶長十一年（一六〇六）四月、秀家は嫡男孫九郎秀高、次男小平次《こへいじ》秀継《ひでつぐ》、従者たちとともに江戸湾から五百石積みの御用船に乗り込んだ。船頭、水手、合わせて八名、浦賀を経て伊豆下田で風待ちをし、網代から相模灘を通り、大島、新島、式根島を経て三宅島に着いた。三宅島では再び風を待たなければいけない。時には十日、二十日、ひと月に及ぶこともある。三宅島の南、御蔵島と八丈島の間には黒瀬川と呼ばれる黒潮が流れ、その激しい流れによって海が荒れるからだ。船はまるで波間に揺れる一枚の木の葉のように翻弄される。

黒瀬川を無事に乗り切れるのは月に三度ほどである。

秀家たち一行も半月ほど滞在を余儀なくされた。海辺に建つ簡素な小屋は雨風もしのげないほどひどい代物であったが、それ以上に難儀したのは自ら胸中に芽生えるとてつもない恐怖心だった。静まり返る夜の闇の中で、どこからともなく聞こえてくる砂浜を踏みしめるような足音。それはまるで一行にとり憑いた死神の仕業のようだった。

実際、死神ではないが一行の寝床には深夜、何度となく怪しい人影が訪れた。物見高い島民が忍び込んだのか、それとも秀家の命を狙う刺客なのか、わかる術もなかったが、半月ばかり、秀家たちは眠れぬ夜を過ごした。

つらく長い夜が終わっても新たな難が一行を襲う。海の機嫌を窺い、順風であることを確かめたうえで、御用船は三宅島を出帆した。

一行が八丈島の大賀郷前崎浦に着いたのは、江戸湾を出帆してから四カ月も経た八月十八日のことだった。

「さすが南の島。暖かいですな」

村田道珍斎《むらたどうちんさい》が暗くなりがちな空気を払うかのように明るい声を出した。

従者の一人、村田道珍斎助六《むらたどうちんさいすけろく》は金沢城下で町医者の看板を出す腕利きの医師だったが、関が原敗戦後、実家の加賀へ戻った秀家の妻お豪《ごう》から懇願されて島に随行した。

「西山が噴火してまだ間もないんでね。海岸線は溶岩がところどころ燻ってますから気をつけてくだせえよ」

艀を漕ぐ水手が言う。

一行は総勢十三名。

宇喜多八郎秀家　三十四歳、嫡男・孫九郎秀高　十五歳、次男・小平次秀継　九歳、侍医・村田道珍斎助六　三十七歳、家臣・浮田次兵衛《うきたつぎひょうえ》、田口太郎右衛門《たぐちたろうえもん》、寺尾久七《てらおきゅうしち》、中間・半三郎《はんざぶろう》、弥助《やすけ》、市若《いちわか》、下人・才若《さいわか》、乳母・阿《あ》い、下女・登《と》ら。

この十三人で流人生活が始まるのだ。

秀家は何かを吹っ切るように胸いっぱい島の空気を吸い込み、肚を決めた。

遠流とはいえ、彼には罪悪感はなかった。

主君であり師匠であり、また親でもある秀吉への誠を貫くことが彼にとっての誇りであった。

「さあ早く降りなせえ」

後方で水手が声を上げた。

振り返ると艀の上で次男の小平次、乳母の阿い、下女の登らが足を竦ませている。

「どうした小平次、早く降りんか」

両手を伸ばした孫九郎に助けられ、今にも泣き出しそうな顔をした小平次が観念したように島に降り立った。乳母阿いもそれに続き、島の土を踏んだ瞬間、艀《はしけ》に残された登らが泣き出した。

「おらは嫌じゃ。真っ赤に燃えてるでねえか。これじゃみんな焼け死んでしまうよう」

登らの言葉は張り詰めた空気を弛ませた。

「そんなことはねえ。おらは生まれも育ちもこの島だが、人が焼けたとこなんか一度も見たことねえだ」

水手が答えると一同の顔に安堵の表情が広がった。

下人の才若が小柄な登らを抱えて降ろした。

気づかうみんなに迎えられた登らは恥ずかしそうに頭を下げた。

一行はまず、島奉行の屋敷を目指した。

島奉行の屋敷は、大賀郷大里《おおかごうおおさと》にあった。

屋敷までの上り坂はなだらかだが、長期間の船旅の後にはかなりきつい。細い道の両側には本土では見かけない樹木が繁っている。

九歳の小平次がまたまたぐずり始めた。乳母の阿いがなんとか宥めながら手を引いている。見かねた才若が小平次の前で中腰になり背を向ける。

小平次が才若の首に手を回そうとしたとき、秀家が鋭く叱責した。

「ならぬ、小平次。武士は弱音を吐いてはならない。自分の足で歩くのじゃ」

小平次は唇を嚙みしめ、阿いに手を引かれて再び歩き始めた。

『武士か……』

空に広がる白い雲を見上げながら秀家はひとり苦笑した。

自らももう武士ではない。ただの流人だ。ここに来るまで何度も何度も自分に言い聞かせた。これからは五十七万石の大名であったことも、数々の戦の功績も、加賀に預けた妻お豪のことも忘れて、流人として生きていかなくてはならないのだ。

島奉行奥山縫殿介忠久《おくやまぬいどのすけただひさ》の尋問は形式的なもので、一行は流人心得を言い渡された後、すぐに配所である大賀郷東里《おおかごうひがしさと》に案内された。庭に銀木犀《ぎんもくせい》が繁っていた。島民たちからはヒイラギ下と呼ばれていた家であった。

高い石塀に囲われた三百坪ほどの敷地に、およそ八十坪の高床式の粗末な屋敷が建てられていた。ここがこれからの長い流人暮らしの拠点となる。

掘立小屋を思い描いていた秀家は、少しばかり気持ちが和らいだ。

「ここは風が強いところじゃからな。高い塀と床が必要なんじゃ」

案内役の島民が言う。

おそるおそる塀の中に入るとまず、小さな小屋がある。

「ここがカンジョですじゃ」

「はて、カンジョとは」

「厠のことです。島ではカンジョといいますのじゃ」

中を覗くときれいに掃除が施され、片隅に置かれた箱にガクアジサイの葉が積み上げられていた。

屋敷に入ると、土間の勝手があり、その奥には大小五つの座敷があった。流人の住居としては充分過ぎるように思え、秀家は恐縮した。

「流人の身でありながらこのようにたいそうな住居をほんとうにかたじけない」

「いやいや殿様が住むには少々手狭だろうが、ちょうどこの家が空いていたんでね。こちらとしてもなんとか用意できてよかった。まあ雨風は凌げるだろうが、足りんものがあれば遠慮なく言ってくだされ」

島民は帰っていった。

八丈の流人第一号となる元大名秀家の扱いに島民たちも戸惑ったに違いない。

罪人扱いせず、殿様のごとく手厚く迎え入れてくれた島民の後姿に秀家は深々と頭を下げた。

気候も暖かく、風が強いとはいえ想像していたような過酷な流人生活とはかけ離れていた。

「ありがたいことじゃ」

秀家は窓の外の風を受けて大きく揺れ動く木々を見ながらつぶやいた。

関が原から六年、常に考えていたことは、自分の人生をいつどこで終わらせるかということだった。自分自身の手で潔く自分の人生にけじめをつけることが、武士としての道であると秀家は考えていた。

関が原で自刃《じじん》しようとしていたところを家臣明石掃部《あかしかもり》の言葉によって生きる道を選んだときから秀家の懊悩は始まっていた。

流人として生きていくことが最良の道であるとはなかなか思い切れない。しかし、今ではどうすることもできなかった。風に揺れる木々のように心は重くざわついた。

「さあ殿様。明日からは山菜取りと魚釣りの毎日ですぞ。そうしなければ生き延びてはいけませぬぞ」

いつのまにかすぐ後ろに道珍斎が立っていた。

「わかっておる。それから申しておくが道珍斎、わしはもう殿様ではない」

秀家が振り返ると道珍斎が白い歯を見せた。

「肩の力は抜きましょうぞ。この島では似合いませぬ。『郷に入っては郷に従え』です。ありのままの姿でいることが、この島での暮らし方でありましょう。それが健やかな体を作る極意でありますぞ」

秀家は心中で深く頷いた。そうなのだ。今までの自分は捨てるのだ。生まれ変わるのだ。もう自分は大名宇喜多秀家ではない。

切ない決意ではあったが、思い切ればなんてことはない。生きていかねばならないのだ。

次の間では小平次が阿いを相手にお手玉に興じている。

かつては武家として家族が一つ屋根の下、肩を寄せ合い暮らしたことがなかった。新鮮な驚きと微笑ましさで目頭が熱くなった秀家は再び窓の外に目を向け、そして心の中で叫んだ。

『父上殿。私は宇喜多の名を捨て、この島で流人として生きていきます。どうか、どうかお許しください』

2　十歳の大名

秀家が許しを乞うた亡き父とは、実父である宇喜多直家《うきたなおいえ》のことではなかった。

秀家が生涯で父と呼んだ人物は三人いた。

まず一人目は実父の直家、二人目は妻お豪の父である加賀藩主前田利家《まえだとしいえ》、そしてもう一人は直家の死後、秀家を猶子《ゆうし》として迎え入れ、自らの名前の一字までも与えてくれた豊臣秀吉《とよとみひでよし》である。

この三人の父の中で最も影響を受けた人物は、いうまでもないが関白豊臣秀吉であった。

秀家は、元亀三年（一五七二）正月、宇喜多直家の次男として誕生、八郎と名付けられた。実母お福は、その美貌を広く知られており、秀吉もそのあまりの美しさに直家の死後、側室にすることを望んだといわれている。

秀家は母の血を引き、眉目秀麗、心映えも健気で声音も涼やか、立居振舞も美しい子供だったという。美しいものが好きな秀吉の寵愛を受けたのも当然といえば当然だったのかもしれない。

かたや父の直家は梟雄《きょうゆう》と呼ばれる策謀に長けた武将で、殺された祖父・宇喜多能家《うきたよしいえ》の復讐を果たすために島村盛実《しまむらもりざね》を暗殺したのを皮切りに数々の謀略、暗殺を繰り返した人物であった。

天神山城主・浦上宗景《うらがみむねかげ》に仕えた直家は生来、政治的能力に優れ若い頃から家臣団の中で早くも頭角を現した。

一人目の妻は沼城《ぬまじょう》を領する中山信正《なかやまのぶまさ》の娘だったが、直家はこの岳父信正を謀殺、次いで二度目の妻の父、美作《みまさか》半国を領する後藤美作守《ごとうみまさかのかみ》も毒殺。二人の妻は自害した。

そして三度目の妻が秀家の母となるお福である。実はこのお福は二度目の妻の妹で、まだ年端もいかないうちから手元で養い、成長して妻にしたといわれている。家族を殺した罪滅ぼしという見方もあるが、幼い頃から美しかったお福を見初め、自分好みの女に育て上げたのであろう。お福はまもなく嫡男亀松《かめまつ》、次男八郎と二人の男児を産む。嫡男亀松は夭折し、それだけに直家夫婦の八郎への愛情は並外れていた。

しかし直家の謀略、暗殺は続く。主だったところでは、美作の残り半分を持っていた谷川久隆《たにがわひさたか》、美作に攻め込んできた三村家親《みむらいえちか》と息子の元親《もとちか》、直家の妹婿で龍ノ口城主の撮所元常《さっしょもとつね》、そして最終の標的ともいえる主君浦上宗景をも討滅させた。

直家は備前美作二国の領主となり毛利氏に属したが、やがて織田氏の武将羽柴秀吉が中国地方に進出してくると、毛利氏ともあっさりと手を切り、織田信長の配下に収まった。

謀略と暗殺と変わり身の早さ、それが直家の身上だった。

しかし、こんな謀将・直家も病気には勝てなかった。『尻はす』と呼ばれる出血を伴う悪性の腫瘍を患い天正九年（一五八一）二月十四日に、直家は五十三歳で没する。

自らの死を覚悟した直家の心残りは当時九歳の八郎のことだった。案じた末、秀吉にわが子を託すことに決める。直家の人生の中で唯一正しい選択であったかもしれない。

連絡を受けた秀吉は自ら岡山城まで出向き、臨終の直家の要望を承諾した。

直家の死は、周囲の大名への牽制のためかすぐには公表されず、遺骸は岡山城の東の山に埋められ、葬儀は行われなかった。

喪が公表されたのはそれから一年後、天正十年（一五八二）一月九日のことである。

遺骸は山から掘り起こされ、あらためて岡山平福院に収められた。

それからまもなくの同年一月二十一日、秀吉は宇喜多家筆頭家老・岡豊前守家利《おかぶぜんのかみいえとし》を伴って織田信長に目通りし、正式に八郎の家督相続が許された。

八郎はわずか十歳で亡父が一生をかけて奪い取った備前・美作の所領を相続したのだった。しかし八郎が幼少のため成人するまでは叔父の忠家が補佐し、家中は家老の戸川肥後守秀安《とがわひごのかみひでやす》、岡豊前守家利、長船越中守貞親《おさふねえっちゅうのかみさだちか》が執りしきることとなる。

そして早速、同年四月、信長の命令によって中国地方遠征に出ていた秀吉に協力。忠家が八郎の代理として一万の兵を率いて戦に加わり、毛利氏の忠臣、清水宗治《しみずむねはる》が籠もる備中高松城《びっちゅうたかまつじょう》を攻撃する。秀吉は低湿地にある高松城の特色を生かし、城の周囲に高さ二丈の堤防を築き、足守川《あしもりがわ》を堰き止めた水を堤内に引き入れるという水攻めを行った。

しかしその最中の六月二日、明智光秀《あけちみつひで》による本能寺の変が起こり、織田信長は自害に追い込まれた。

一報を受けた秀吉は、信長の死を隠したまま急遽毛利輝元《もうりてるもと》に和睦を申し入れる。輝元が信長の死を知って勢いづくことを恐れたからだ。輝元は和睦を受け入れ、高松城は閉城となり、城主である清水宗治は自害した。

すかさず秀吉は明智光秀を討つために京へと取って返した。

そしてその途上、岡山城のお福は八郎を連れ、岡山城の西の三門まで秀吉を出迎えた。

秀吉は十歳の城主八郎を馬上に抱き、岡山城内に入り一泊した。躾の行き届いた八郎の立居振舞と大人びた涼やかな挨拶に感激しての投宿といわれているが、秀吉がお福を見たのはこのときが初めてで、美女好みの秀吉が、お福を一目で気に入ったことは否めない。

お福はこのとき三十四歳、まさしく女盛りである。その夜、秀吉とお福は契りを結んだといわれている。

「備中高松の戦における勝利はひとえに宇喜多の武功によるところだ。毛利家が差し出す川辺川《かわべがわ》より東の領分を八郎殿に与えよう。首尾よく明智を征伐したのちには八郎殿をわがムコにするゆえお待ち申されし」

と秀吉はお福に約束する。

そして約束通り、明智光秀を討ちとった秀吉は毛利氏から奪った備中東部を八郎に与えたのだ。

八郎は家督相続からわずかの間、十歳にして備前・美作を併せ五十万石余を領有する大大名となるのである。

「このお方のためなら」

八郎はこの時点で秀吉に畏怖にも似た忠誠心を誓うこととなる。

天正十三年（一五八五）六月、秀吉は四国への出陣を決め、淡路《あわじ》から阿波《あわ》、備前《びぜん》から讃岐《さぬき》、安芸《あき》から伊予《いよ》と三方向から四国へと進軍した。

宇喜多軍は蜂須賀正勝《はちすかまさかつ》、黒田孝高《くろだよしたか》らとともに軍勢二万三千で讃岐攻撃の陣列に加わる。

これが宇喜多八郎、事実上の初陣《ういじん》である。

八郎は南蛮鉄仏銅具足《なんばんてつぶつどうぐそく》を身につけたうえに、弾丸盾《だんがんたて》を中間たちに持たせるという防御に関して万全を期し、攻防が見える高所に陣取った。一線から離れているとはいえ、むせるような血の匂いの中、八郎は兵たちが血しぶきをあげ、倒れ伏す有様を見て、ガクガクと震える膝を抑えきれずにいた。

攻撃の指揮は摂津茨木城主中川秀政《せっついばらきじょうしゅなかがわひでまさ》が執っていた。冷静沈着な指揮を執る秀政が八郎よりわずか三歳年上の十六歳という若さであることを聞いた八郎は驚き、そして恐れた。

自分もあのように凄惨な戦場に立つことができるのだろうか。秀政のように堂々と指揮を執ることができるだろうか。

「若様、合戦にて大将たる者の采配の執りようがおわかり召されましたか」

不意に後ろから家老の戸川秀安に声をかけられ、八郎はぴくっと肩を震わせた。

「いえ、若様。ゆっくりでよいのです。必ず立派な大将になられますぞ」

八郎は深く頷き、決意した。秀吉公のもとで精進すれば必ずや世に恥じない武将になれるだろう。いや、絶対になってみせる。

この戦いで四国を統一していた長宗我部元親《ちょうそかべもとちか》は降伏した。

翌年、八郎は元服する。この際、秀吉は自らの名前の一字を八郎に与え、以降、八郎は『秀家』と名乗るようになる。それと同時に秀家は従四位下左近衛少将《じゅしいのげさこんのえしょうしょう》に昇進した。元服まもなく目立った戦功もない少年が高い位に就けるのも秀吉の寵愛があったからこそだろう。また、宇喜多忠家、戸川肥後守秀安、長船越中守貞親、岡豊前守家利、明石飛騨守景親《あかしひだのかみかげちか》ら家老たちも従五位下《じゅごいのげ》に叙任された。

天正十五年（一五八七）正月、秀吉は大坂城で九州征伐の陣触れを発した。

その頃九州は島津義久《しまづよしひさ》によってほぼ統一されかかっていた。秀吉は島津義久を討伐し、九州統一を図ったのだ。総軍勢は二十万人、秀家は一万五千の兵を率いて、島津攻めの先手を任じられた。

秀吉は出陣前の秀家を呼び寄せた。

「八郎はまだ十五歳であるから、兵への指示は家老に任せておけばよい。総勢二十万の大戦だ。戦場へ出て見聞きすることすべて、そなたのためになる。島津を征伐するまでの経緯をしっかり見届けるのだぞ」

正月二十五日朝、一万五千の宇喜多勢は岡山城を出発し、西に向かった。

三月下旬、宇喜多勢は秀吉の弟、羽柴秀長《はしばひでなが》が率いる別働隊に加わり、日向《ひゅうが》から大隅《おおすみ》に向かった。総勢十万の別働隊は、延岡《のべおか》の県城《あがたじょう》を陥れ、四月六日、肥前高城《ひぜんたかじょう》を攻めた。すさまじい砲火を浴びせかける羽柴勢は、島津勢を一気に降伏させようと迫った。

これを聞いた島津義久は二万の軍勢で高城の救援に向かった。

「名大将と言われる島津の戦いぶりをしっかりとお見届けください」

戸川秀安が秀家の耳元でささやいた。

鉄の盾に囲まれた秀家は、島津勢の死をも厭わない決死の攻撃を見た。

二万の島津勢は羽柴勢の銃火に身をさらしてわき目も振らず突進してきた。島津義久の甥、島《しま》津忠隣《づただちか》は十九歳だったが、二重の塀を破り、本丸へ切り込んだ。勢い込んだ島津勢は忠隣に続き突撃したが、砲弾に倒れ、討死者は三百を越えた。そしてついに忠隣も弾を浴び、討死となった。

秀家は震える体を隠そうともせず凄惨なる戦場を見つめていた。

人が命を棄ててまで戦おうとする力、それはどこからくるものなのか。十九歳という若き武将、島津忠隣の討死を目の当たりにして、秀家は体のどこからか湧き上がってくる高揚感に驚いていた。これが武士の魂というものなのか。自分もいつか全身を真っ赤に染めて華々しく命を散らせる日が来るのであろうか。それならそれでよい。これが武士として生まれた者の宿命というものなのであろう。

そしてこの合戦で秀家は兵力の差というものを知る。二万の島津勢がいくら勇敢に戦っても十万の羽柴勢にはかなわない。所詮は兵隊の数である。

「兵力が少なくてはどうにもならぬものなのじゃな」

秀家は戦場の現実を学んだのである。

島津義久は天正十五年（一五八七）四月下旬、降伏する。

秀家は大坂に戻ってまもない八月、参議《さんぎ》、従三位《じゅさんみ》に叙任され、十五歳で備前宰相《びぜんさいしょう》と呼ばれるようになった。

目立つ武功もないまま青年貴族となった秀家は茶湯、猿楽を楽しみ、花鳥を見て和歌を詠ずる日々を送るようになる。

謀略と暗殺を得意とした直家の血筋とは思えない風流人ぶりである。下克上の戦国時代、所詮お坊ちゃま大名と思われても仕方がないような暮らしぶりであった。

こんな逸話がある。

秀家はきれい好きで、身の回りを清潔に保たなければ気がすまなかった。戦場においても本陣に風呂桶をすえ、朝夕二回、湯浴みをし、すべて着替えたという。

しかしこんなお坊ちゃま大名であったからこそ、国元の岡山城下は平和であったのかもしれない。そして秀家は、年を重ねるほどに勝負勘が冴えるようになり、数々の戦功をあげていく。それはまぎれもなく秀家の全身に流れる実父直家の血であった。

3　鳥通う島

島に来た翌日から三日間雨が降り続いている。

朝起きて秀家は隣の部屋を覗き込んだ。

中間の弥助が眠っている。

かすかに眉根を寄せ、眠りについている弥助の顔を見ながら、秀家は島までの道中で起きた出来事を思い返した。

あの日の朝、海は珍しく凪いでいた
三宅島を出帆した御用船は透き通る紺碧の海原を漕ぎ出した。穏やかな波が寄せ、船にぶつかっては真っ白く砕け散る。出た当初、比較的穏やかだった海は御蔵島《みくらじま》を越え黒瀬川《くろせがわ》に近づくにつれ、次第に荒れ模様を呈してきた。

「さあ、ここからが正念場ですからの。気を引き締めてくだせえよ」

船頭の言葉が終わらないうちに木製五百石積みの御用船は木の葉のように揺れ始め、遠くの水平線が激しく上下した。

秀家たちはたちまち嘔吐感に襲われ、耐え切れない者たちの吐瀉物《としゃぶつ》が船内にぶちまけられた。

「殿、ご気分のほうは大丈夫でしょうか」

比較的船酔いに強い中間の弥助が気遣った。

「わしは船には慣れておる。心配は無用じゃ」

秀家は舳先に立ち、踏ん張り続けた。

黒瀬川の激しい潮の流れで舵《かじ》をとられ、船は不規則に旋回した。船の動きに順応できない者がほとんどであった。特に幼い小平次は血の気のない表情でぐったりとしていたが、船が大きく回転したと同時に左舷《さげん》から右舷《うげん》にもんどりうって転がった。

弥助が小平次を抱き止めようとした瞬間、突然船が逆回転した。船は弥助をあっという間に振り落とした。

「弥助」

甲板に駆け寄り海に向かって大声で呼んでみると、弥助は黒瀬川の激しい潮に呑まれ、見え隠れしている。

「弥助、待っていろ」

秀家は水手から櫂《かい》を借りて海中に差し出した。

「これをつかめ、弥助」

やっとの思いで櫂をつかんだ弥助を秀家たちは船上に引っ張り上げたのだった。

弥助は全身濡らしながらも恐縮し、島に着いてからも気丈に振舞っていたが、翌日からは天候のせいもあってか妙な咳をし始めた。

床を敷いて寝かせると弥助は昏々と眠り続けた。

弥助が起きないよう秀家は足をしのばせ、戻ってくるとなにやら勝手のほうが騒がしい。

阿いと登らを中心に半三郎、市若、才若がなにやら覗き込んではしゃいでいる。

「なにをしておる。病人がいるというのに」

秀家が声をかけると阿いがあわてたように答えた。

「おはようございます。実は朝起きるとこんなものが」

見ると桶いっぱいの粟と縄で縛られた泥だらけの山菜が土間にある。

「島の人からの差し入れじゃろうと申しておるのですが」

半三郎が困ったように秀家を窺う。

「でもちょっと気味が悪くて。昨日も雨が降る中、島の人が家の中を覗いているんですよ。なにか細工でもしてあるかもしれませぬ」

顔をしかめる登らに秀家は微笑んだ。

「そうか、登ら。覗かれていたのか」

「はい。それも代わる代わる何人もです。ほんとに気味悪い島」

「まあ、われわれは流人じゃからな。その上、話にしか聞いたこともないお城の人たちだ。島の人にとっては珍しいことじゃろう。しかし、ここに敵はおらぬ。これは島の人からの贈り物と解釈しようではないか」

「わかりましてございます」

早速山菜の束を抱え込んだ阿いは水場へ出かけて行った。

「それならそうと言ってくれればいいのですけど」

粟の桶を持ち上げながら登らはまだぶつぶつ言っている。

この三日間、こうした近くの島民たちからの差し入れのおかげで飢えずにすんでいた。

しかし、いよいよこれからは自給自足の生活を始めなくてはならない。

食事の後、阿いと登らは島の女に案内されて湧き水を汲みに、男たちは二手に分かれ、山菜採りと魚捕りに出かけて行った。

「さあ、今日はよい天気じゃ」

秀家は自分自身を元気づけるように呟いた。

「道珍斎はどうするつもりだ」

「山に行って野草や薬草を見てこようかと」

秀家は道珍斎ととりあえず出かけてみることにした。

江戸から七十四里、南の島らしく夏の日差しはまぶしい。

深とした二人の頭上を鳥たちが飛んでいく。

「ほお、鳥がにぎやかだ」

「あれはツグミですな」

道珍斎も心なしかうれしそうだ。

「鳥も通わぬと聞いていたが、こんなにたくさんの鳥がいるとは」

「ここは雨の日が多いところと聞いていますが、晴れた日の空の色は吸い込まれそうですな」

しばし空を見上げて佇んだ。

畑仕事に出る島民が通りかかった。三日前に屋敷まで案内してくれた島民だ。名前はたしか太《た》助《すけ》といっていた。

「やあ、殿様。こんなところで何してなさる」

「鳥を見ていたんですよ」

道珍斎が答えると太助は担いでいた農具を肩から下ろし二人に近づいた。

「三日ぶりに晴れましたからな。そろそろマガモなんぞも飛んで来よるでしょう」

「島に来て、鳥が飛ぶのをしみじみ見られるなんて思わなかったからね。江戸では鳥も通わぬなんていわれてたんでね」

道珍斎が言うと太助は笑った。

「いやあ、鳥はたくさん来よりますよ。冬を越えて春になったらツバクロ、ウグイスも来よりますしね。賑やかなもんじゃ。今の時期は比較的雨も少ないし、本土よりはだいぶん過ごしやすいでしょうよ」

「鳥はいいのう。どこへでも好きなところに飛んで行ける」

秀家の言葉に太助は気の毒そうに俯き、農具を担ぎなおした。

「畑で採れた作物をまた、お届けしますよ」

「かたじけない。しかし、これからわしらも野草採りに行くところじゃ。自分たちの食い扶持《ぶち》ぐらいなんとかせねば申し訳ない」

「ああ、ここは野草の宝庫じゃから、たくさん採れますよ。海にも行ってみなされ。釣り糸を垂れてるだけでもそうとうかかりよりますわ」

太助と別れて秀家と道珍斎はさらに山道を歩いた。

「殿様、しばしお待ちくださない」

先を歩いていた秀家に後ろから道珍斎が声をかけた。振り向くと草むらにしゃがみ込んだ道珍斎が満面の笑みで見上げた。

「ナズナです。茹でて食べましょう」

「こんなものが食せるというのか」

「七草粥にも入れる草ですぞ」

抜き採ったナズナの束をつるで縛り、道珍斎は肩に担ぎながら医者の顔になっていた。

「これを干して煎じて飲むとお腹の薬にもなります」

さらに行くと土手の上に紫色の可憐な花が咲いている。

「道珍斎、あれはスミレじゃろうか」

「そうですな。スミレです」

道珍斎は摘んだナズナの束を傍らに置くと土手に上り、スミレを摘んだ。

「野の花をそんなに摘むではないぞ。残しておかなければ絶えてしまう」

「殿様、ここに来たからには風流などはお忘れください。スミレも食べられますし、この葉を塩で揉むと腫れ物の薬になるのです」

秀家はしばし言葉を失った。

小さな渓流沿いの草むらに出ると道珍斎は目を輝かせた。

「殿様、ツワブキです」

「これも食せるのか」

「茹でて食べられます。生の葉を炙《あぶ》れば貼り薬にもなりますぞ」

二人は這いつくばって群生しているツワブキ採りに専念した。素手で摘んでいるといつの間にか両手が真っ黒に変色していた。

「道珍斎、この手を見よ」

「つわぶきはアクが強いのですよ。ほら、私の手も」

「すっかり農民の手じゃ」

少し前まで血で汚れていた手を思い出し、秀家は苦笑した。

「道珍斎、これはどうじゃ」

「オオバコです。摘んでいきましょう。干して煎じると咳止めにもなります」

「なにやら草むしりをしておるようじゃな」

「食べられる草ですかられっきとした食糧調達です」

草むらのところどころにタンポポの綿毛が生えている。秀家はそれを摘んで綿毛に息を吹きかけた。

「子どもの頃、岡山でタンポポの綿毛を吹いて遊んだものじゃ。来年の春、タンポポの黄色い花を見るのが楽しみじゃな」

秀家は子どもに帰ったように次々と綿毛を吹いて回った。

「殿様、タンポポも摘んでいきましょう」

「タンポポまで食うというのか」

「はい。干して煎じるとお茶として飲めます。根っこはお腹の薬にもなりますぞ」

「もうよい。おぬしは恐ろしい男じゃ。道珍斎にかかってはこの山も丸坊主になってしまう」

道珍斎は笑いながらタンポポもむさぼり摘んだ。

「しかし、草の中には毒が含まれているものもございます。注意が必要です」

「道珍斎がいれば安心じゃな」

「はい。でもこの島には見たことのない草もたくさんありますので、それほど頼りにはなりませぬ」

その後、ヨモギ、スギナ、ヨメナなどを採取した。

摘み取った野草の束を見て、秀家は充足感を味わいながらもこれからの食膳を憂いた。

大坂にいた頃のような食事を望んでいるわけではないが、今後、ずっとこのような草が主食になるとしたら気が滅入る。

摘んだ野草の束を屋敷に持ち帰る道珍斎と別れて、秀家は一人、海に向かった。

気候は暖かいが海風は体に沁みた。

先に海に来ていた田口太郎右衛門、半三郎と孫九郎が島民に教わりながら魚を獲っていた。島民に借りた一本の釣竿で三人で代わる代わる順番に魚を釣る。島に自生する竹で作ったのであろうか、釣竿は手になじみ、絶妙なしなり具合を見せた。

魚篭《びく》にはすでに数匹入っていた。

「大漁じゃないか」

秀家も岩場に腰をかけた。

八丈はトビウオがよく獲れる。

岩場からも海面を飛び交うトビウオがキラキラ光って見える。

釣りなどしたこともない者でも自分たちの食い扶持ぐらいは十分に釣れるほど魚の宝庫だ。

秀家は岩場から海を見つめた。海は海底まで見えるほど青く透き通っている。海が美しければ美しいほど切なさは募る。この海の七十四里先にはあの憎き家康のいる江戸があるのだ。しかし、今となってはどうもがいても容易には戻れない。

「父上」

帰り道、後ろから孫九郎が思いつめた顔で並んできた。孫九郎が担ぐ魚篭には十匹余りのトビウオが入っている。

「初めてにしてはよく釣れたな。漁師としてもやっていけるのじゃないか」

秀家の戯言《ざれごと》にも顔を崩すことなく孫九郎は上目遣いで秀家を見た。

「父上。私はこれからどう生きていけばよいのでしょうか」

幼い頃から孫九郎は、戦国武将の血を受け継ぎ激情的な性格の持ち主だった。秀家は孫九郎が何を言わんとしているのか手に取るように理解できた。これからの長い人生、この島で流人としてのみ生きるような暮らしに孫九郎が満足できるわけがない。

「われらは流人。流人らしく流れるように生きていくのじゃ」

秀家のたしなめに孫九郎は憮然とした。

死一等《しいっとう》を減ぜられ流人となったのは秀家である。孫九郎は関が原で従軍したとはいえ、まだ九歳のときであったし、ましてや小平次には何の罪もないはずだ。しかし、二人の息子も秀家の血筋を引く男子であれば同罪とみるのが武士の常である。

「さあ、戻って飯にありつこうぞ」

秀家は表情も変えず、言い放った。背中に孫九郎の冷ややかな視線を感じていた。

屋敷の前にはすでに野草が笊《ざる》に並べられ、天日に干されていた。

阿いと登らが食事の支度をして、待っていた。山菜採りに行っていた次兵衛たちも帰っていた。

野生の茗荷《みょうが》、百合根《ゆりね》、自然薯《じねんじょ》などが土間に並べられている。一日足らずでよくもこんなに食材が集まったものだ。

「茗荷や芋も自生しているのか。安心したぞ。道珍斎が摘んだ草しか食えぬのかと思って閉口していたのだ」

「殿様、今に草のありがたみがわかりますぞ」

道珍斎の言葉に一同の笑い声が起こった。

魚篭の魚に登らがすっとんきょうな叫び声をあげた。

「この魚、羽が生えてる」

「トビウオじゃ。焼いて食べるとうまいそうだ」

数日分の食糧は確保できたが、なにしろ十三人の大所帯だ。食糧はすぐに底をつく。

これからの食糧確保を考えなければならない。

食膳が整えられた。阿いに呼ばれて弥助も三日ぶりに起きてきた。

「申し訳ありません。なんのお手伝いもできませんで」

「何を言うか。無理をしたらいかんぞ。飯を食って精をつけよ」

十三人で食卓を囲む。

芋がらと江戸から持ってきた貴重な麦、庭に生えている青菜を刻み、海水で味付けした雑炊だ。大名時代には考えられないほどの粗末な食事だが、上も下もなく食べる食事はそれなりにうまいものだ。

「あれ、この雑炊苦いよ」

小平次が一口食べて箸を置いた。

「この菜っ葉が苦いんだ」

「庭に生えていた青菜を入れてみたのですが」

阿いが一口食べ、心配そうに言った。

「毒じゃないでしょうな」

半三郎も不安げに箸を止めた。

「でも、島の人に食べられるって教えてもらったんです。少しぐらい苦くても我慢してください」

登らは力強く言い切り、ことさら元気よく雑炊をかき込んだ。

「うん。少し苦いけどうまいや」

小平次も箸を持ち直し、再び椀に顔を突っ込むようにして食べ始めた。

そんな小平次を見て、秀家は目を細めた。

本来なら武将としての教育を受け始める年齢である。しかしもう、小平次は自分の父が五十七万石の大名であったことも徐々に忘れ去っていくのだろう。不憫《ふびん》ではあるが、それも小平次の運命である。

思い返してみれば、秀家はこうして大勢でひとつの卓を囲んだ記憶がなかった。

実の父直家とも、岳父利家とも、猶父秀吉とも食卓を囲んだ記憶はない。

秀家は自分が親子の団欒《だんらん》を知らなかったことにはじめて気づいた。家族とはこういうものか。

驚きと温かい思いで心が満たされた。

まだ元服もしていない孫九郎を、まして幼い小平次を道連れにするのは抵抗があった。

後継をつぶそうという徳川のやり口で同行せざるを得なかったが、これでよかったのかもしれないと思える。

秀家は箸を置き、一人ひとりを見回した。

「殿、やはりお口に合いませぬか」

阿いが不安そうに秀家を見た。

「いや、心配は無用じゃ。これはこれでなかなかうまいものじゃ。それから阿い、わしはもう殿ではないぞ」

阿いはすまして言った。

「いえ、殿がどうなりましょうとも、私にとって殿様は殿様でござります」

きっぱりと言い切る阿いに一同は笑顔でうなずいた。

小平次の乳母阿いは、加賀にいるお豪に請われて秀家に随行した。

当時、城主の血族の乳母になることは名誉であったが、八丈島流罪に付き添うことは相当な覚悟が必要であった。しかも国元に兵太夫《へいだゆう》という息子がいた。

阿いは兵太夫に言い聞かせた。

「母は義のため小平次様に付き添います。恨んではいけませぬ。これが乳母となった女の務《つと》めなのです」

兵太夫は加賀にいるお豪に預け、阿いは御用船に乗った。阿いにとって、秀家が大名であろうと流人であろうと主人であることに変わりはなかったのだ。

屋敷の入り口で声がする。

太助が籠いっぱいの里芋を持ってきた。

「まあ、立派な里芋だこと」

登らが陽気な声を上げた。

「なんだ。イモか。白い米が食べたい」

小平次が駄々をこねた。

「そりゃ贅沢《ぜいたく》というもんじゃ。この島じゃ米は盆と正月、あとは祝い事ぐらいのときだけじゃ。

島では稲が育たないんでね」

　太助の言葉に小平次が口を尖らせた。

「小平次様、そんな顔しないで。あとでこの里芋を茹でて差し上げますから」

　阿いは太助に申し訳なさそうに声をひそめた。

　太助は気に止めぬ風情で土間の魚篭を覗いた。

「おお、トビウオが釣れましたな。トビウオは焼いて食べてもよし、すり身にしてアシタバを混ぜて団子にして焼いてもうまいもんじゃ」

「アシタバ？」

　登らがたずねた。

「ああ、ここの庭にも生えているじゃろうよ」

「ああ、さっき雑炊に入れた苦い葉っぱね。ほら、やっぱり食べられるじゃない」

　登らが座敷にまで届くように大きな声で言った。

「アシタバっていうのね？」

「そう、アシタバは根っこも食べられるんじゃ。今日、根っこを食べて、明日に葉を食べるからアシタバじゃ。葉を先に食べると根っこが苦くなっちまうから根っこを先に食べるといいんじゃよ。一度茹でてこぼしてからな」

「アク抜きをするのね」

「茹で汁は捨てちゃいかんよ。お茶代わりになる」

アシタバは八丈島原産のセリ科の植物で、夏場を除いて一年中新芽をつける。植物を枯らす原因となる海の塩さえも栄養として育つという強い生命力を持つ野草である。アシタバを食べていると乳の出がよくなり、胃腸の調子も改善され、アシタバの黄汁は皮膚病にも効くと言い伝えられていた。島に高齢者が多いのもアシタバを食べているからという説もある。

島で暮らすための知恵を何かと教えてくれる太助を登らがすっかり感心したように見つめた。

「太助殿。毎日毎日、食膳の心配をかけ、かたじけない。登ら、太助殿に魚を少し持っていっていただけ」

奥から秀家が顔を出した。

太助は顔の前で大きく手を振った。

「とんでもないですじゃ。トビウオはすぐに釣れるし、イモなんぞもたくさん獲れますから。持ってるもんは分け合う。これがこの島の掟のようなもんじゃから」

「島の掟か。すばらしいことじゃ」

秀家は感心した。

その日の午後、秀家は道珍斎と共に釣竿作りに勤しんだ。竹やぶで竹を採り、太助に借りたナタで丁寧に削る。そして出来上がった竹竿の先に分けてもらった麻糸と鉄製の針を繋ぐ。

単純な作業だが、これからの生活の糧となる大事な仕事だ。夕方までに二人は数本の釣竿を作り上げた。

「爽快じゃな」

土間に出来上がった釣竿を並べて秀家は微笑んだ。

「これで心置きなく魚が釣れますな」

道珍斎も白い歯を見せた。

翌日も晴天だった。

秀家は孫九郎を誘い、出来たばかりの釣竿を担いで海を目指した。前日からの孫九郎の浮かない顔が気がかりだった。

海岸には女たちが海水を汲みに来ていた。

八丈は男の数より女の数のほうが多く、古くは女御ヶ島《にょごがしま》とも呼ばれた島である。

暑い気候にも拘らず島の女は色が白く、髪は黒くつややかで長く伸ばし、眉も落とさず、歯も染めていない。短い着物を着て伸び伸びと軽快に歩き回っている。

健康的で自由で美しかった。

女は一斗桶《いっとおけ》で海水を汲み、頭の上に桶を乗せて器用に運ぶ。女にとっては重労働だが海水は芋などを茹でるとき、調味料を兼ねていた。

秀家と孫九郎が岩場に陣取り、釣り糸を垂れていると一人の若い女が近づいてきた。

「宇喜多秀家様でございますか」

年は孫九郎と同じくらい、黒いつややかな髪を後ろで一つに束ね、短めの着物から長い手足が覗いている。

「いかにもそうであるが」

女ははにかんだような笑いを口元に浮かべた。

「島奉行奥山の娘、わかでございます」

島奉行奥山縫殿介には、島に到着時に会っただけである。こんな妙齢の娘がいるとは知らなかった。

「これはこれは、存じ上げぬとはいえ、ご無礼つかまつった。これは嫡男孫九郎にござる」

わかは頬を桜色に染め、孫九郎を見て頭を下げた。

孫九郎もまぶしげにわかを見つめている。

「困ったことがありましたらなんでもおっしゃってください」

「かたじけない。なにかあったらよろしくお願い申しまする」

わかはにっこり笑って頭を下げ、踵を返した。

孫九郎はわかの後姿に見入っている。

どうやら少しだけ、孫九郎の機嫌も上向きになったようだ。

二人はしばらく黙って釣り糸を垂れた。

今日もまたよく釣れた。濃紺の海面の微妙な動きを見ていると、遥か昔からこの島で漁師として暮らしているかのような錯覚にとらわれた。

「愉快じゃな、孫九郎よ。海を見ていると心がしずまるぞ」

横にいる孫九郎の顔を覗き込むと、まだ何か思いつめたような顔をしている。

秀家は水面を見ながら遠い昔を思い出していた。

幼少の頃、叔父の忠家とともに秀吉の高松城攻めに参加したとき、秀家はまだ十歳だった。高松城主清水宗治が湖上に船を浮かべ、船上で切腹したのを秀家は叔父の横で見ていた。ぼんやりとした記憶である。

あのとき、宗治は水の上で何を考えたのだろうか。水がすべてを洗い流してくれるような、そんな荘厳な気持ちで武士としての勤めを果たしきったのだろうか。

「父上は呑気でございます」

不意に孫九郎が口を開いた。

秀家は愉快そうに笑い出した。

「はて、呑気とな」

孫九郎は秀家に笑われたことでむきになったようだった。

「呑気でございましょうとも。父上は流れるように生きよと私に申されました。流人であるから流れるようになどと、そんな戯言のような生き方、私にはできませぬ」

秀家は再び声を上げて笑った。

「戯言のつもりはないが」

「気候のよいこの島で毎日釣り三昧。これが流人の暮らしなのでしょうか。流人とは名ばかり。こんなゆるい暮らしをしていてはもう武士には戻れませぬ。徳川はわれわれを骨抜きにするつもりなのでございます」

世が世なら岡山城五十七万石を受け継ぐはずであった孫九郎は、大名としての資質を見事に備えていた。

秀家が淡々と流人に甘んじようとしている姿を見て我慢がならなかったのだろう。

「孫九郎よ、この島で生涯を終えようとはわしも考えてはおらぬ。必ず備前へと帰れる日は来る。それまでの辛抱だ。その日が来るまでわれらは流人として愉快に生きようぞ」

孫九郎はパッと目を輝かせた。

「父上」

秀家は流人となった経緯を今一度思い起こした。

権力闘争では家康に負けたが、自分には寸分も後ろめたいところはないと自負していた。

豊臣五大老として亡き秀吉との約束を破ったのは徳川家康《とくがわいえやす》のほうである。

あの関が原での小早川秀秋《こばやかわひであき》の裏切りさえなければ、立場は完全に逆転していたはずだ。

秀家は釣竿を握り締めた。

辛抱だ。決してあきらめたわけではない。

あきらめたら加賀にいるお豪にも申し訳が立たない。
秀家は空を見上げた。
この空の下、遠く離れてはいるが、お豪も同じ空の下にいる。

4　奔放な花嫁

秀家が豪姫を娶《めと》ったのは天正十七年（一五八九）であるが、お互い秀吉の養女と猶子という間柄、二人は以前からの顔見知りであった。

豪姫は天正二年（一五七四）、加賀藩《かがはん》大名、前田利家の四女として生まれた。誕生時には父の友人である秀吉が祝いに駆けつけた。というのは子宝に恵まれなかった秀吉に次に生まれる子供を養子に出すという約束をしていたからで、豪姫は約束通り、秀吉の養女になった。

信長のもとで出世街道をひた走っていた秀吉はこの豪姫をことのほか寵愛した。小さい頃は自由奔放で癇癪《かんしゃく》持ちだったという豪姫は姫と呼ばれるにふさわしい教養と文化を身につけさせられた。

秀家が初めて豪姫の姿を目にしたのは、初陣である四国征伐の前であった。秀家十三歳、豪姫十一歳のことである。

大阪城にて秀吉に目通りした際、庭で侍女と遊ぶ豪姫を見たのだった。聡明そうな眸《ひとみ》がきらきらと輝き、勝気そうに結んだ口元から時折こぼれる白い歯がまぶしかった。

「養女のお豪じゃ。八郎はお豪をいかが見る」

秀吉に尋ねられ、秀家は、

「まことに美しゅう存じまする」

と答えた。

また秀吉は豪姫にもこう尋ねたと言う。

「備前宇喜多の八郎は、年は若いがまことに信頼に足る男じゃ。そなたはいかがかの」

「私もそのように思います」

頬を桃色に染めて答える豪姫を秀吉は愛しげに見つめた。

秀吉の豪姫への寵愛ぶりは周囲にもよく知られ、婿選びも相当厳しいものになるであろうと注目されていた。

そして選ばれたのが秀家であった。

眉目秀麗《びもくしゅうれい》、美しい若武者である秀家と奔放な魅力あふれる豪姫。秀吉の寵愛を受けた二人は理想的な夫婦だった。

二人の婚約が決まったとき、諸大名の羨望が秀家に集まったという。秀吉の豪姫に対する親馬鹿ぶりは有名で、彼女を妻にするとなれば婿になる者の今後の栄進は間違いなかったからだ。

天正十七年（一五八九）三月、豪姫は大坂中之島《おおさかなかのしま》の宇喜多邸に輿入れ《こしい》をする。秀家十七歳、豪姫十五歳だった。

宇喜多家から二人の使者が嫁迎えの口上を述べ、豪姫は輿に乗って宇喜多の屋敷へと出発した。

宇喜多の屋敷は大坂城の北側、京橋を出て右手、大和川《やまとがわ》に浮かぶ大きな島にあった。隣は石田《いしだ》三成《みつなり》邸である。

豪姫の嫁入り道具は、京の名所風俗を描いた箪笥《たんす》・長持《ながもち》、枝垂《しだ》れ桜《ざくら》の鏡台、茶道具の数々、四季折々の衣装など大船十艘に積まれ大和川を下り、宇喜多邸に運び込まれた。

また、前田家からは豪姫付きとして家老中村刑部次郎兵衛《なかむらぎょうぶじろべえ》が従い、家来、女中ともに大人数が宇喜多家に入ってきた。

豪姫を乗せた輿は門をくぐり、座敷に入り、二の間、三の間を通り、祝言の座敷まで運ばれた。豪華な祝宴は三日間続いた。

豪姫を迎えるために宇喜多の屋敷は修理を施され、調度品も新調、食膳もこれまで以上に贅を尽くした。

風流を好み、文化教養を身につけている自負のある秀家であったが、秀吉の寵愛を一身に受けた豪姫にはかなうわけもなく、次第に邸内は豪姫好みに変化していった。

輿入れ直後、秀家に豪姫はこう申し入れた。

「庭の築山《つきやま》に向かう道に生えている松の大木、あれは小松に替えたほうが美しゅうございます」

秀家は豪姫の要望にこたえ、松の大木を取り払い、石を除き、客土をし、庭を大々的に造り替えた。宇喜多家にとってはかなりの出費である。

また、屋敷には能役者、囃子方《はやしがた》、鷹匠《たかしょう》を召抱えるなど豪姫の意見をすべて取り入れ、生活自体が徐々に派手になっていったが、秀家はお家の経済事情など考えることもなく、ただただ幸せな日々であった。

早くに父親を亡くし、幼くして城主となった秀家は、結婚によって家庭というものを知り、心休まる場所を得たわけである。

秀家と豪姫の仲はずこぶる円満で、天正十八年（一五九〇）には嫡男孫九郎が生まれた。

男子誕生を聞いて、養父秀吉は早速お祝いに駆けつけ、秀家と祝いの盃を交わした。

「秀家よ、この大坂宇喜多邸は大変いい眺めじゃ。まさしく備前宰相にふさわしい」

「ありがたきしあわせにございます」

「しかし、秀家、国元岡山城は造りなおしたほうがよかろう。いささか西に傾いておる。本丸も位置が高すぎる。東の平地に本丸を置いて、南に大手門を開くとよかろう。官位にふさわしい大城に普請《ふしん》するがよい」

秀家は秀吉の意見をきくとさっそく国家老の宇喜多左京亮詮家《うきたさきょうのすけあきいえ》を呼び寄せた。

詮家は秀家の叔父・忠家の子で、秀家にとっては従兄弟である。秀家の補佐役を務める忠家のかわりに国元で宇喜多家の財政を管理していた。

詮家は岡山城改修の絵図面を見て、言葉を失った。

「これはいったいどれほどの金がかかるか、見通しもつかぬ。宇喜多の財政は逼迫しておるというのに」

大坂宇喜多家で使う金は国元で使う分をはるかに上回っていた。特に秀家の結婚後、大坂の経費はうなぎ登りだった。

「お豪様のお付き、中村刑部が派手好みで、殿を遊興に誘うからだ。お城の建て直しを始めるからには倹約をしてもらいたいものだ」

詮家は父・忠家に愚痴をこぼした。

ところが忠家は息子の詮家の悩みなど聞く耳を持たなかった。

「大坂ではいろいろな付き合いがある。備前宰相が吝嗇家《りんしょくか》だなどと思われたらどうする。お家の恥じゃ」

父親に一喝され、そして岡山城普請が秀吉の命令であることを聞き、詮家は泣く泣く了承し、まもなく改修工事が開始された。

しかし、このことがあとあとの秀家の運命に関わる一大事であったなどとこのときは誰も知る由もなかった。

国元の家老からは、金のかかる正室と思われがちだったお豪だが、秀家とお豪は周囲がうらやむほど仲睦まじかった。

庭に花が咲くたび、お豪は秀家のために花を生けた。秀家は特に萩の花を好み、お豪は梅の花を愛した。

梅の花が咲く頃、庭の梅の木の下で二人が仲良く語り合う姿を家老たちは微笑ましく眺めたものだった。

しかし、平穏な生活も長くは続かなかったのである。

秀吉が明の遠征のため、まず朝鮮の制圧をと文禄元年（一五九二）十六万の大軍を送ることになった。もちろん秀家も総司令官という立場で一万の軍勢を率いることになった。

出陣が決まったある日、秀家は珍しい黒百合の花を献上され、お豪に生けてくれるように頼んだ。お豪はそれを見たとたん目を顰めた。

「黒百合は不吉な花でございます」

「不吉？　珍しいと思ったのだが」

「この花をめぐって北政所《きたのまんどころ》様と淀《よど》殿が争われたことがあったのです」

お豪の言う北政所と淀殿のいさかいとは、肥後の佐々成政《さっさなりまさ》が立山の黒百合を北政所に献上したことから始まる。

北政所は珍しい花を見せようと黒百合を銀の花入れに活けて淀殿を招き、茶会を開いた。

それを見た淀殿はすぐに加賀に使いを出し、黒百合をありったけ採取させ、花供養として北政所を招いた。

北政所は顔色を変えた。珍しい花と思っていた黒百合を淀殿は無造作に活け捨てにして自分を侮ったと北政所は思ったのだ。

「このようなありふれた花を成政は珍しい花として届けたのか、私に恥をかかせようと思ったに違いない」

北政所の怒りは佐々成政に向けられ、それが遠因となって成政は失脚した。

「殿はこれから遠く朝鮮へ向かう身。不吉なものは遠ざけなければなりませぬ」

お豪は黒百合を惜しげもなく投げ捨てた。

彼女は大胆さと細やかさを併せ持っていた。

そんなお豪は、北政所にも愛された。

秀吉が九州征伐の留守中に、北政所は秀吉に手紙を書いている。お豪を『南《みなみ》の御方《おかた》』と呼ぶことにしたとの内容だった。秀吉はすぐに返事を送る。

「お豪の名前を変えたこと、満足して承った。もし姫が男だったら、関白にしてやるところだが、女だから仕方がない。『南の御方』ではまだ不足である。私の秘蔵の子であるから、おね（北政所）より上の官位に就けたいと思う」

こんなに養父母に可愛がられ、夫・秀家にも愛されたお豪だが、秀家が秀吉の遠征によって留守がちであったため、寂しい時期も長かった。のちにお豪が病気がちになっていく要因はそんなところにあったのかもしれない。

5 機織る女

梅の木の下をお豪と歩いていた。

梅の香りが二人の世界を包んだ。

お豪は満面の笑みで北政所の茶会の席での話をしていた。お豪はよくしゃべった。ひっきりなしに動くお豪の形のよい唇を秀家は見つめていた。

「殿、殿」

阿いの声で目が覚めた。

夢だったのだ……。

「島奉行様のお嬢様がお見えでございますよ」

朝から雨が降っていた。朝昼兼用の雑炊を食べてからうたた寝をしていたらしい。

実際、島では雨が降ると何もすることがなくなる。

釣りはもちろん、最近、庭を畑にして分けてもらった種で青菜や豆を育てているが、冬を迎える季節になっても雨の降る日は多く、そんな日は作業はできない。

雨の日の午後、筵《むしろ》の上で昼寝をすると必ず夢を見る。

いつもほとんど同じ夢だった。

関が原での戦いに敗れ、伊吹山中《いぶきさんちゅう》を彷徨《さまよ》っていると、そこへ必ず秀吉が現れる。叱咤されるかと身を縮めていると秀吉は、お豪が雑炊を作って待っているから早く帰ってやれ、と言うのだ。お豪の許《もと》へ帰ると、お豪はとめどもなくしゃべっている。何を言っているのかは覚えていないが、とにかくお豪はよくしゃべる。お豪はこんなにしゃべる女だったのかと感心しているところで決まって目が覚めた。

入り口の土間に女が二人来ていて、阿いが応対していた。一人は島奉行の娘、わかだった。

「殿様、わかさんが焼酎を持ってきてくださいましたよ」

阿いが、早く早くと手招きする。

「島で作った焼酎でございます」

わかが声をかけてくる。

「これはこれは、貴重なものをかたじけない」

秀家はここ数年、酒を口にしていなかった。

関が原で敗れて以来、酒を断ってきた。

流人の身となった今、流刑地であるこの島で焼酎をもらうなどとは思っても見なかった。

食料にも事欠く島では焼酎は特に貴重品である。

「こちらのいささんの手作りなんです」

わかの隣りで黄色の着物を着た婦人が立っていた。

「いさと申します。サツマイモで作った芋焼酎です。お口に合いますかどうか」

阿いと登らはいさの着物を珍しそうに眺めている。

いさが着ている黄色の着物は島の名産品だ。

島では米が獲れないため、年貢を絹織物で納めていた。島に自生する子鮒草《こぶなぐさ》で染めた糸を織り上げたこの明るい黄色の八丈絹《はちじょうぎぬ》は、平安時代から作られ、室町時代からは黄八丈《きはちじょう》という名で親しまれた。機織りは選ばれた女にしか織らせてもらえず、織り手は機織り女と呼ばれた。女たちは同じものを二種類作り、出来のよかったほうを奉納し、もう片方を密かに自分用にした。

「いささんは機織りの名手なんですよ」

わかの言葉にいさははにかんだ。

いさはわかより一回りほど年嵩《としかさ》でふくよかだった。黒い髪を後ろで無造作に結い、透き通るような白い肌は目を惹くものがあった。

「かたじけない。大切にいただかせてもらいます。ご覧のとおり殺風景な暮らしをしているので、お返しするものもござらぬが」

秀家は頭を下げた。

「もったいないことです。もしお口に合いましたら、また持ってまいります。お庭の梅が咲きましたら、お花見をさせていただきがてら」

　秀家は庭に目をやった。

「はて、庭に梅の木が」

　日々の暮らしに明け暮れて、屋敷の庭に生えている木々を見やることも忘れていた。

　梅の木は敷地の片隅にひっそりと立っていた。

「ここの梅はきれいに咲きますの」

「梅の花がお好きなようですな」

　いさはニッコリと頷いた。

　二人が暇を告げると秀家は奥の間にいた孫九郎を呼び、送っていくように命じた。

「結構でございます。もう雨も大分小降りになってきましたので」

　断る二人に構わず、孫九郎はついて行った。雨上がりの濡れて光る草むらの道をたどりながら孫九郎は久々に華やいだ。

　秀家もまた久しく忘れていた明るい自分に気がついた。

　秀家は雨に濡れて黒い梅の木に目を遣った。

　花の時季にはまだ遠い。

　そろそろ正月が近づいていた。

　翌日はすっかり晴れ上がり、朝から秀家は一人で釣竿を担いで海に行った。

海を前に物思いに耽《ふけ》るには一人のほうが都合がよかった。

島に来てまもない頃は、この海が疎《うと》ましかった。荒波の黒瀬川に隔てられたこの海さえなかったら、お豪と過ごした生活に戻れそうな気がしていた。

いつまでこの生活が続くというのか。

このまま二度と国の土が踏めないのであれば、生きる価値などあるのだろうか。

戦いに敗れたとあれば、潔くあの時に自分の手でけじめをつけるべきだったのではないか。

自分は何のために戦いに明け暮れてきたというのだ。

いや、今からでも遅くはないのではないか。いっそのことこの海に身をゆだねてしまえば、すべて無に帰すことが出来る。

いや、しかし、そうなれば、徳川の思う壺であろう。それはそれで無念である。

繰り返し、繰り返し、秀家は悶々と考え続けた。

その反面、不思議なことに島に来てから経験する一つ一つに喜びを見出すようにもなってきていた。魚が釣れたといっては喜び、畑の豆が収穫できたといっては喜んだ。その喜びこそ生ある人間のごく基本的な感情なのであろう。武士としての自負心だけを頼りに生き延びてきた秀家にとって革命的なことだった。

そして、そんな感情の移ろいが秀家に変化をもたらせつつあった。希望を持とうという気持ちが生まれたのである。ただ辛抱するだけではつまらない。いつかきっと備前に帰れる日はやってくる。希望を持ってその日が来るのを待つのだ。そう思うと日々の雑用にも力が入る。

昼近くまで座っているうちに赤むつとメジナが魚籠いっぱいになった。

結構な重さになった魚籠を抱え、屋敷に戻ってみると、登らが鍋いっぱいの里芋を茹でていた。畑の作業を受け持つ次兵衛と久七が収穫したのだ。

登らが秀家が差し出した魚籠いっぱいの魚を見て目を輝かせた。

「刺身にしてくれ。塩で食べよう」

「久しぶりのご馳走ですね。雨が続いてろくなものありませんでしたから。残ったあらは汁に入れましょう」

次兵衛が珍しくうれしそうに笑っている姿を見て秀家は安堵した。

浮田次兵衛のことは秀家の心配事の一つだった。次兵衛は秀家の供の中で一番の高齢であるうえに、持病もあった。

次兵衛は関が原合戦後、一時的に前田家にその身を預けられたが、秀家の八丈島送りが決定したという報を聞き、秀家に殉ずるつもりで自らこの流人の列に加わった。特に武芸に秀でるところもなく、主だった戦功もない地味な家老であった。時折、癪《しゃく》を起こすため、周囲の者は次兵衛の八丈行きに危惧の念を抱いた。しかし、次兵衛の決意は固かった。

キリシタンを信仰し、穏やかな性格の次兵衛は、秀家にとっても心強い供であったが、島に来てからの次兵衛はふさぎこみがちだった。それは孫九郎と小平次の将来を案じてのことだった。

孫九郎の思いつめた顔を見るたび、次兵衛の胸は痛んだ。また、幼い小平次が「白い米が食べたい」というのを聞くたび、次兵衛は自分の無力を恥じた。

しかし、この頃は島の生活にも慣れ、島民たちにもすっかり溶け込んだ次兵衛は徐々に笑顔を取り戻していた。今日は朝から畑で久七とともに里芋を大量に掘り起こした。

土で真っ黒に汚れた顔で笑う次兵衛を見て秀家は、軽口をたたいた。

「次兵衛、その姿よく似合うぞ」

次兵衛はそのままの笑顔で答えた。

「似合うも何も私は根っからの農民であります。父も祖父も加賀藩の農民でありましたから」

勝手では登らが一人で奮闘をしている。

「阿いはいないのか」

秀家が聞くと、

「阿いさんは今、奥で先生に診てもらってます。なにやら腰の具合が悪いらしいで」

奥の部屋に行くと阿いが道珍斎に鍼《はり》治療を施されていた。

朝から阿いは登らとともに渓流の水汲みに出かけていた。総勢十三人分の水汲みは、もう決して若くはない阿いにとって重労働だった。

「具合はどうだ」

秀家が声をかけると阿いは飛び起きた。

「構わぬ。横になっていなさい」

「いえ、もうよくなりましたから。大丈夫でございます」

勝手のほうへ小走りに行く阿いの後姿を見て、水汲みという労働を考えなくてはいけないと秀家は思った。

「弥助はいないのか」

「はい。朝からどこかへ出かけたようですが」

道珍斎が微かに眉をひそめた。

弥助は海に落ちて数か月経った今も、完全に回復をしていないようだった。

調子のよいときは次兵衛とともに畑仕事などをしてはいたが、時折、何も告げずに屋敷を出て行き、夕方になるまで戻ってこなかった。弥助がこうなったのも、船の中で小平次を助けようとしたからであり、秀家は責任を感じ心配をしていたが、本来の中間の仕事をしない弥助に対して周囲の目は徐々に冷たくなっていた。

「弥助の体は治っているのじゃろう」

「熱はもうとうに下がっております。左足の筋を痛めておりますので、少し足を引きずるようですが、ふだんの暮らしには差し障りはありません。ただ……」

「なんじゃ。申してみよ」

「気が乱れているようでございます。あの激しい潮の中に落ちたのですから、当然といえば当然でございます」

「そうか」

弥助が不憫であった。

弥助の帰りを待つことなく食膳が整った。

久しぶりに刺身を肴に、とっておきの焼酎を竹で作った器で飲んだ。

太助に分けてもらった手作りの麦味噌で味付けをしたあら汁は体を芯まで温めた。

八丈では米の収穫が圧倒的に少ないので、麦で味噌を作る。大豆と麦を発酵させ作り上げた味噌は、麦の粒がそのまま残り、手でつまんで食べてもおいしい。お腹をすかせた小平次のつまみ食いの標的だ。貴重品である味噌をどこに隠すか阿いと登らは常に頭をひねることになった。

「弥助の分はとってあるのか」

片づけを始めた登らに秀家は尋ねた。

「雑炊なら少し残っています」

登らが答えると、傍らの半三郎が言った。

「弥助の分など残す必要ありません。体はとっくに治っているはずなのに弥助は仕事もせずにふらふらしておる。殿様まで働いているというのに情けない」

同じ中間という立場の半三郎は弥助の行動に我慢ならないようだ。

昼下がり、阿いは繕い物を始めた。

「阿い、少し横になっていたらどうだ」

「いえ、これだけは。正月も近いことですし」

島での暮らしはほとんど着の身着のままだ。洗いざらしの木綿の着物は擦り切れ、ところどころ穴があき始めている。

「次の正月までにはわかさんに教わりながら、皆の着物を拵えましょう」

忙しく動く阿いの手の動きを眺めながら、秀家は思いを馳せた。気分のままに一日に何回も高価な絹の着物を着替えていた昔の自分がなぜか恥ずかしい。

そこへ島民が駆け込んできた。

「医者の先生はおられますかね」

道珍斎が医者であることは少しずつ島民にも知られるようになっていた。島にはもともと医者などいない。病気にかかると薬草などの素人療法か占い、祈禱、まじないなどに頼るしかなかった。島に医者が来たことは島民にとって画期的で夢のような出来事だったのだ。

駆け込んできたのは漁師の喜八《きはち》という男で、長年患っていた母親のくにがいよいよ起きられなくなったという。

道珍斎とともに秀家も喜八の家に駆けつけた。

薄いせんべい布団に骨と皮だけになった母親のくにが寝ていた。コホコホと咳をし、大量の寝汗をかいている。枕もとの桶には喀血の痕もあった。

「労咳《ろうがい》のようだな」

触診をした道珍斎が顔を曇らせた。

うつ伏せにして背中に灸を施すと、くにの顔に赤みが差した。

「おっかあ、偉いお医者の先生じゃ。もう心配はいらん」

喜八がくにに声をかけるとくには両手を合わせ道珍斎を拝んだ。

「喜八、おっかさんに卵を食べさせてあげろ。養分を摂ってゆっくり休むのじゃ。また様子を見に来るから」

喜八は何度も何度も道珍斎に頭を下げた。

帰り道、道珍斎は押し黙ったままだった。

「労咳というと重病じゃな」

秀家に道珍斎は頷いた。

「もう長くはないでしょうな」

二人は黙って歩いた。

岩礁の八重根《やえね》の近くに古い神社がある。

石の鳥居をくぐると広い境内には南の島らしくソテツが夕刻の陽を浴びて輝いている。

社殿の中には木造の女の坐像が祀られていた。

「八十八重姫《やそやひめ》というんだそうです」

道珍斎が説明した。

この神社は優婆夷宝明神社《うばいほうめいじんじゃ》といって、八丈島はこの八十八重姫とその子どもである古宝丸《こほうまる》によって開かれ、繁栄したとされている。

「この島にはいろいろな伝説があるようでしてな、八丈小島には源為朝《みなもとのためとも》を祀った神社もあるそうです」

八丈島の西に浮かぶ八丈小島は八重根からすぐ近くに見える。

道珍斎が聞いた話によると、平安時代の末期、保元の乱に敗れ、伊豆大島に流された源為朝は黒潮を越え八丈島に来た。当時、八丈は『女護ヶ島』と呼ばれ、女性だけが住む島であった。男女一緒に住むと海神が祟るという迷信があり、男性は青ヶ島に住んでいた。年に一度、南風が吹く日に青ヶ島から男性たちがやって来て、一夜の契りを交わしたという。為朝はこの迷信を解くため、島の女と幸せな家庭を築き、それを見た島民が男女一緒に暮らすようになったという話だ。

「ここは女護ヶ島だったのか」

秀家はふっとため息をついた。

「だからでしょうか。ここの島の女たちは元気がよいですね。まあ、昔から伝わる伝説ですがね、為朝伝説といってました」

「そんな昔にも島に流された武将がいたのだな」

「為朝は弓の名手でもあったそうです」

四百年以上前にも同じような気持ちでこの風景を見ていた人間もいたのだと秀家は感慨に浸った。

島の散策といってもむしろ登山に近いほど坂道が多い。

この道を毎日のように水汲みに出る阿いと登らの苦労が身に沁みた。

「道珍斎、阿いの腰は悪いのか」

「鍼を打っておきましたから痛みは何とかとれたようですが」

「水汲みはきついのじゃろう」

「才若が手伝うてるようですが」

道珍斎は小さく笑い声を漏らした。

「どうした。なにがおかしい」

「いえ、殿様はすっかり変わられたな、と。弥助や阿いの体に気を使われるようになるとは」

「何も変わってはおらぬ。家族の心配をするのが家長の務めじゃ」

秀家は足早に坂道を下りた。

崖の下に野生の茗荷が生えていた。

「道珍斎、茗荷じゃ」

秀家は崖を下り、茗荷に手を伸ばした。

足元の野草が秀家の足に絡まった。

草履《ぞうり》が脱げ、秀家はそのまま不様に崖を転げ落ちた。

「殿、殿」

道珍斎が顔色を変え、崖を滑り降りた。

秀家の脛《すね》は枯れ木で切れ、血が滲み出していた。

道珍斎に抱えられて屋敷に戻った秀家は手当てを受け、寝かされた。

枯れ木が脛を深くえぐったらしく痛みがひどかった。正月までには治らないかもしれない。秀家はふさぎこんだ。

予想通り、足の怪我は大晦日になっても完治しなかった。日中から一人、奥の間で寝ているとどこまでも気が沈みこんだ。弥助もきっとこんな気分なのだろうと秀家は天井の染みを見つめた。

道珍斎と次兵衛を中心に初めて迎える正月の準備が整えられた。島の正月の慣習は太助が丁寧に教えてくれた。

郷に入っては郷に従えである。

屋敷の戸口に小松とゆずり葉を飾り、太助が分けてくれた正月に飲むにごり酒も整えた。

夜中に秀家は一人、布団から出た。

真冬の夜といっても寒くはないことがありがたかった。

宗福寺《そうふくじ》の除夜の鐘が聞こえる。

備前岡山の光珍寺《こうちんじ》の除夜の鐘の音が重なった。同じ鐘の音であるのに、どうしてこんなに物悲しいのだろう。

　ふと振り返ると阿いが起きていた。

「どうした。眠れないのか」

「いえ、そろそろ仕度を。殿様こそ、足のお加減が悪いのでしょうか」

「なんの。傷はもうふさがっている。お前こそ腰の具合はどうだ」

　阿いは驚いたように秀家を見た。

「そんなご心配を。腰はもう大丈夫でございます。年が明けたら水汲みの手伝いも参ります」

　秀家は目を細めた。

「そうか。それはよかった。阿い、兵太夫はどうしておるかのう。さぞ心配じゃろう」

　阿いはこみ上げるものを隠すように勝手に向かった。そして振り返り、床に手をついた。

「どうぞ、殿様、お気遣いなさらないでくださいまし。殿様のお心うちを思うだけでせつのうございます。兵太夫はお豪様のもとにおりますから心配はしておりませぬ。どうぞゆっくりおやすみになってくださいまし」

　気丈な奴よ、と阿いの後姿を見て秀家はもう一度布団の中に入った。

　元旦は雲ひとつない晴天だった。

　正月の膳が阿いと登らによって整えられていた。

八丈の正月は三日まで餅は食べない。米が収穫できない事情もあったのだろうか。『まいだま』と呼ばれる茹でた里芋の親芋を一人一つずつ食べ、恵方《えほう》に向かい家族全員無言でにごり酒を飲む。

簡単で粗末な酒宴が終わると、小平次が早速凧揚げに行きたいと阿いにせがんでいる。数日前から小平次は半三郎に教えられながら凧を製作していた。紙は貴重品であるため竹の骨組みに古着を接《つ》いだ布切れを張っただけの簡単な凧だったが、小平次は昨夜も大事そうに枕元においてて眠った。

小平次と阿い、半三郎、孫九郎と共に秀家も浜に出かけた。

浜では漁師の子供たちが十枚、二十枚とつなげた連凧を揚げていた。

その光景を見た小平次は一瞬気後れしたようだったが、半三郎に促されて凧揚げに取り掛かった。

準備が出来たら強風をじっと待つ。

「それ、今だ」

半三郎の掛け声で小平次が走り出した。

強風に乗り、凧は一気に六間ほど揚がったが、風が強すぎたのか、空中で二回転ほどして地面に落ちた。孫九郎が凧に向かって走り出した。負けまいと小平次も走っていく。

兄弟で戯れる姿は正月らしいと秀家は浜にしゃがみこんで眺めていた。

半三郎が凧の足の部分に細長い布を繋ぎ調節する。今度は少し長い間凧は空中で舞っていた。

「半三郎は凧の名人だね」

興奮した小平次が大声で叫んでいる。

小平次はこの頃はすっかり島に慣れた。半年もしないうちに、生まれたときからここに住んでいるかのように柔軟に同化している。

日中はまっ黒になるまで遊び、お腹がすくと山に自生している赤いアビの実やアスナロ、グミの実などを食べた。

「小平次様は木の実を見つけるとなんでも食べてしまわれます。毒のものもあるので心配です」

阿いは嘆くのだが、不思議なことに小平次には食べられる実がわかるらしい。秀家にとって小平次のしなやかさは驚きでもあり救いでもあった。

正月二日、漁師の喜八が島の名産であるトビウオの干物を持って新年の挨拶にやって来た。干物の独特のにおいが家中に充満し、小平次が「くさいくさい」と騒ぎ立てた。焼いている間は臭いが強いが、焼き上がるととてもうまい。

この日は船祝いといって漁船を持っている船主の家に乗組員が集まる日だという。

島の西南部、樫立《かしたて》にある船主の家に秀家と道珍斎も招待された。

広い座敷に酒宴の席が設けられている。漁師の家らしく刺身が豊富に並び、にごり酒と島の焼酎を勧められた。

漁師たちは酔うほどに手拍子を打ちながら即興で歌い始めた。

ショメ節と呼ばれる島独特の民謡は、その場その場で自分の心境などを節に乗せて歌うもので、歌の合間に「ショメーショメ」と囃し立てる。秀家と道珍斎も一緒に唱和した。

秀家はお返しに能を舞った。哀愁に充ちていた。

「さすが殿様じゃ」

漁師たちははじめて見る能の舞に驚きとともに戦いに敗れた武将の心情を垣間見た。

秀家が島民たちに溶け込んだ瞬間でもあった。

正月三日、この日、秀家たち総勢十三名は島奉行奥山邸へ年始礼に出向いた。

麻裃《あさかみしも》で出迎えた島奉行奥山縫殿介に秀家たちは一人ひとり挨拶をし、奥の座敷で接待を受けた。日々の暮らしでは口に出来ない珍しい酒肴の膳が並んでいた。

奥山邸の奥座敷の片隅に太鼓が置いてある。「奥山殿、あの太鼓を聞かせてくださらぬか」

秀家が望むと縫殿介は奥から娘のわかを呼んできた。

黄八丈を着たわかは秀家たちに新年の挨拶を終えると着物の袖を襷《たすき》で結び、撥《ばち》を手にした。そして足をしっかり開いて構え、全身で太鼓を打ち始めた。

「ほお。女人が打つ太鼓とは珍しい」

勇壮な太鼓の音が響き渡った。太鼓の音に合わせて下女の一人が歌い始め、それに習って秀家たちもかわるがわる即興で歌った。

島奉行と流人という立場も忘れて酒宴は夕方まで続いた。

年が明けて三日間、秀家は新鮮な日々を送った。自分たちが徐々に島の人々に認められてきたことを感じていた。人間の性格は風土に左右される。暖かい島に住む人々はおおらかで陽気だ。どのくらいここで暮らせば、あのような陽気な人間になれるのだろうか。

正月四日になってはじめて里芋入りの雑煮が食卓に乗った。久しぶりに食べる餅はうまかった。この日から水汲みの手伝いにお勢《せい》という女が来た。これで少しは阿いの腰もよくなるだろうか。

「ねえ、殿様、ご存知ですか」

水汲みから帰ってきた登らが秀家に含み笑いしながら声をかけてきた。

「なんのことだ」

「お勢さんて、才若さんのこと好きみたいなんですよ」

才若は次兵衛の下人として島への一行に加わった。頑強な体をした二十代半ばの青年だ。「へえ、どうしてわかるのだ」

「そんなのすぐにわかりますよ。才若さんを見る目が違うし、水汲みの手伝いだって才若さんが頼んだから引き受けてくれたんですもの。水を運び終わってからも才若さんを探してきょろきょろしてましたしね」

「才若はいたのか」

「才若さんは畑に行ってしまいました」

「それは残念だったな」

登らは小さく首をすくめて笑った。

十六歳の登らはまだあどけない。秀家は登らと交わす他愛もない会話がなにより楽しかった。

喜八の母、くにが亡くなったのは数日後のことだった。

大量に血を吐いて息を引き取ったのだという。

棺に入れた遺体を部落の者たちが担ぎ、墓所まで運んだ。葬列は長い行列となって続き、秀家と道珍斎も神妙な面持ちで見送った。

「病人に生きようとする気力がなくなると医学は所詮無力です」

道珍斎はふさぎこんだ。あれから何度となくくにの様子を診に道珍斎は通っていた。

「いや、医学のせいでも道珍斎のせいでもない。人にはそれぞれ寿命というものがあるのじゃ。寿命のやり取りが出来るのなら、わしの寿命をやってもよいのじゃが」

道珍斎は静かに首を振った。

「殿様、道珍斎は殿様のお体を守るためにここに来たのでございます。どうかそのようなことは滅多なことではおっしゃらずに」

道珍斎が医学に対して無力感を持ったとしても島民の診療依頼は絶え間なく続いた。毎日のように道珍斎は島中を往診に回ることになっていった。

二月に入り、いつものように釣りから帰ると、庭の梅の蕾《つぼみ》が膨らみ始めていた。

秀家は魚の入った魚篭を置き、梅の木を仰ぎ見た。お豪もどこかで梅の蕾を見ているかもしれない。お豪と一緒に梅の花を見る日がいつの日か来るのだろうか。

そしてふと思い出した。

島奉行の娘、わかと焼酎を持ってきてくれた機織り女、いさの言葉を。

「また持ってまいります。お庭の梅が咲きましたら、お花見をさせていただきがてら」

確かにそう言っていた。

その日から秀家は心地よいそぞろな日々を過ごした。梅が咲くのを持っているのか、いさが焼酎を持ってくるのを待っているのか定かではなかった。

梅は一輪、二輪と咲き始めた。満開の香が庭中にひろがりはじめた日、言葉通りにいさがやって来た。

いさは焼酎を持ってその日は一人だった。

秀家はいさを誘って梅の木の下で花見をした。馥郁《ふくいく》とした梅の香の下、脳裡に夢で見た光景が浮かんだ。

お豪がしゃべっている。満面の笑みでとめどもなく……。

目の前のいさも満面の笑みで梅を眺めていたが、何もしゃべらなかった。

6　不吉な予感

大坂宇喜多邸の庭に紅梅が咲いていた。

秀家はむせ返るような梅の香りの中、お豪と花見をしながら歩いている。

「備前の新しいお城の進み具合はいかがでしょうか」

「国元では九右衛門が張り切っておる。そのうちよい便りがあるじゃろう」

岡山新城の普請は着々と進められていた。

城とともに城下町を作り、領内の新田開発も行う計画である。

秀家は児島湾に広がる広大な干潟をはじめて見たとき、大干拓を思い立った。干拓を行えば十分耕作可能な土地になるだろうと思ったのだ。のちに宇喜多堤《うきたつつみ》と呼ばれる大堤防の構想である。命じられたのは岡豊前守家利と千原九右衛門《ちはらくえもん》で、両人ともかつての高松城水攻めの折、堤を築く工事に参加しており、堤防作りの経験者だった。九右衛門はわずか十数日で堤防の設計をしたともいわれる有能な設計士で、足守川に土手を築き大干拓を行った。そして高梁川《たかはしがわ》から水路を導き用水路を完成させた。

堤防の高さは四間、幅は十二間、長さが五十町歩という広大な宇喜多堤は軍事技術が民間に応用された大事業で、城下の民にも大きな利益をもたらした。二十五歳の若き大名秀家がこのような決断をしたことは諸将の大きな注目を浴びた。しかしこの大功労者である千原九右衛門は後に秀家の命令によって追放されることになる。

岡山城普請の総責任者は角南隼人《すなみはやと》という家臣だったが、その角南隼人とお豪について加賀からやってきた中村次郎兵衛がなにかとぶつかることが多かったのだ。見るに見かねて折衝を引き受けた九右衛門が仕置を受けたのだ。家臣たちは秀家の一方的な処分に大きな不満を感じていた。岡山で不穏な空気が流れ始めたことを秀家は知る由もなかった。

文禄元年（一五九二）一月、豊臣秀吉は明国《みんこく》の征服を画策し、まず明への途上の朝鮮の制圧を決定した。明国遠征の人数はおよそ二十万人、一万人の軍勢を率いる秀家は全軍を統率する総司令官に任ぜられ、出陣は二月二十日と決まった。

「忠家殿が出陣なさるとお聞きしました。お体のほうは大丈夫なのでしょうか」

お豪は五十七歳という高齢の宇喜多忠家《うきたただいえ》を気づかった。

「わしも引き止めたのじゃが、忠家は家督を詮家に譲ってまで出陣すると言い張るのじゃ。叔父上の戦好きにも困ったものじゃ」

お豪の顔が曇った。

「ほかに何か理由があるのではありませぬか」

その推察どおり、実は忠家は自分の代わりに詮家を出陣させたら、戦場で秀家と諍いを起こすのではないかと恐れていたのだ。

お豪の輿入れからわずかの間に秀家は中村次郎兵衛に大きな信頼を寄せるようになっていた。それが原因でやがてはお家を危うくするのではと危惧する家老も少なくなかった。

家臣たちの心が少しずつ離れてきていることにまったく気づいていない秀家はお豪の心配を一蹴した。

「いや、豊臣の父上も秀次殿に関白職を譲られて、太閤になられた。叔父上も詮家に家督を継がせて心置きなく戦に赴こうとされているのだろう。何も心配は要らぬ」

前年、秀吉は淀殿との間に生まれた鶴松《つるまつ》を病気で亡くした。享年わずか三歳だった。唯一の嫡男である鶴松の死は秀吉に大打撃を与えた。秀吉が後継決めを急いだのも自らの心の傷を癒すためであったのだろうか。

秀吉には四人の養子がいた。信長の四男・羽柴秀勝《はしばひでかつ》、宇喜多秀家、姉の長男・羽柴秀次《はしばひでつぐ》、北政所の甥・羽柴金吾秀俊《はしばきんごひでとし》であった。そのうち秀勝はすでに病死していたので、後継候補は三人である。秀吉は北政所と相談し、迷った末、秀次を後継者に決めた。

文禄元年（一五九二）正月、秀次を関白左大臣《かんぱくさだいじん》に任命し、秀吉は太閤《たいこう》となった。

お豪の心配をよそに秀家は備前片上《びぜんかたかみ》を出航し、九州、対馬を経由し、釜山《ぷさん》には五月二日に到着した。

これに先立ち、先発隊の小西行長らは四月十三日には釜山鎮城《ぶさんちんじょう》を陥落させ、朝鮮の漢城《かんじょう》に隊を進めていた。

秀家が九番隊一万人を率いて漢城に到着したのが六月五日であった。秀家の主な任務は漢城に駐屯し、兵器や燃料、食料などの運輸経路、いわゆる兵站線《へいたんせん》を確保することだった。

朝鮮軍は各地で日本軍を待ち伏せし、食料を奪い盗った。日本軍の兵站は次第に脅かされるようになっていった。

李舜臣《りしゅんしん》率いる朝鮮水軍は日本水軍に連戦連勝していた。

その理由の一つは、朝鮮軍と日本軍の船の構造によるものだった。朝鮮の船は亀甲船《きっこうせん》といい、船体が大きく、堅固で大砲類も優れていた。それに比べ、日本の船は脆弱で小銃は優れていたが、大砲類は朝鮮水軍に劣っていた。海上の戦いで、朝鮮南岸の制海権は朝鮮水軍が完全に掌握することになる。

日本軍総大将の秀家は戦況の悪さから脱却しようと諸陣の大名を漢城に集め、軍議を開いた。

「こうなったら釜山まで撤退するのが得策であろう」

石田三成は主張した。

「いや、それは同意できぬ。漢城において明軍を迎撃するべきである」

黒田官兵衛《くろだかんべえ》、小早川隆景《こばやかわたかかげ》らは石田案に強く反対し、明軍を待ち受けることを主張し、これを実行した。しかし、明軍来襲に備えた諸隊は冬になると厳しい寒気に悩まされ凍傷になり、食料にも窮した。戦いはいよいよ長引き、ついに年を越した。

文禄二年（一五九三）正月、李如松《りじょしょう》が率いる明軍五万一千の兵が平壌城《へいじょうじょう》を攻撃、迎え撃つ小西《こにし》行長《ゆきなが》率いる日本軍は総勢一万五千であった。

明軍はすべて騎兵で、鉄の鎧《よろい》と膝当てを身に着け、日本軍が刀や槍で攻撃してもまったく損傷がなかった。日本軍はひるまずによく戦ったが、多勢に無勢、また飢えと寒気に負け、漢城に退却した。

漢城の秀家は諸将と話し合い、明軍を漢城城外で迎撃することに決定した。

秀家は、初陣の九州征伐で体験した『兵力の差によって勝敗は決まる』という戦の原則を思い出していた。明軍は数百の大砲を備えていて、このまま籠城《ろうじょう》していては塁壁《るいへき》などは破壊され、死傷者も続出するだろう。野戦迎撃を遂行するほかはなかった。

明の騎兵軍は漢城に向かい南下してきた。

日本軍は碧蹄館《へきていかん》という谷間の両側の高地に布陣、夜明けに明軍と接触し、戦闘が開始された。明軍の将兵は体も大きく武装も強固で、百の大砲を放ち、騎馬兵を突撃してきたが、日本軍は総攻撃をかけ、明軍を碧蹄館の谷間に追い詰めるに至った。明軍はこの戦いで壊滅的打撃を受け、敗走した。

これを機に明側の沈惟敬《しんいけい》が申し入れてきた和議がまとまることになる。

講和の条件は明国側からは加藤清正《かとうきよまさ》に捕らえられた二人の王子の返還と釜山までの撤退で、日本側は明国からの講和使の派遣と明軍の遼東《りょうとう》への撤収であった。

碧蹄館の戦いの勝利の報を聞き、秀吉は朝鮮南部の支配を既定事実とするため、さらに晋州《しんしゅう》城《じょう》の攻撃を命じた。

総大将である秀家は日本軍五万人を率いて晋州城を包囲した。朝鮮側は七千の兵と五万人の民衆が立て籠もっていた。日本軍は七日間かかってこの晋州城を陥落させた。

文禄《ぶんろく》の役《えき》と呼ばれるこの戦いに関わった十五万人のうち五万人が死亡したといわれている。しかし実際にはこのうち戦いで死亡した者より寒さや飢えによって死亡した者のほうが多かった。日本、朝鮮、明、三国にとって悲劇的な二年間だった。

秀家にとってもこの戦いで大事な家老を亡くした。藩政の中心者である仕置家老の筆頭だった岡家利が朝鮮の陣屋で病死したのである。彼が息を引き取る前、秀家に言い残したことがある。

「長船紀伊守は悪人であります。家中の仕置だけはお任せなされませんように」

長船紀伊守綱直《おさふねきいのかみつななお》は岡豊前守家利の前の仕置家老の筆頭であった長船越中守貞親の息子である。秀家は岡家利の死には大打撃を受けたが、その最後の言葉にはさほど気をとめてはいなかった。所詮、国元家老である家利と大坂で華やかな暮らしをする綱直たちとの単純な対立であろうと思ったのだ。しかし、これが後々起こる宇喜多家の騒動の序章であった。

翌年の文禄三年（一五九四）、朝鮮の軍功により、秀家は権中納言《ごんちゅうなごん》に昇進、秀吉の重臣であることを認められた。

四月、秀吉は秀家の屋敷を訪問した。秀家の朝鮮の合戦における功績を賞賛したあと、秀吉はこう助言した。

「家老の長船紀伊守は気の利く男じゃ。これから重用するとよかろう。仕置を任せてはどうじゃ」

秀吉が自らの隠居所として伏見城《ふしみじょう》を造ったとき、長船綱直が普請奉行《ふしんぶぎょう》を務めたことがあった。そのときの能力を秀吉が認めたのだ。

「かしこまってござります」

秀家は即答したが、朝鮮で亡くなった岡家利の言葉をこのとき思い出していた。

『長船紀伊守は悪人であります。家中の仕置だけはお任せなされませんように』

果たして家利は、どのような事態を想定して言ったのだろうか。秀家は思案した。

「紀伊守に仕置をさせるとなると、国元の年寄りたちが怒るに違いない」

お豪は明快だった。

「家老たちが殿の意に背いたなら、太閤様も黙ってはいらっしゃらないでしょう。紀伊守はキリシタンですから悪いことをするとは思えませぬ」

その頃、宇喜多家中ではキリシタン信仰が広がっていた。長船綱直をはじめ、お豪について前田家からきた中村刑部次郎兵衛、秀家の妹婿である明石掃部頭全登《あかしかもんがしらたけのり》も信徒だった。

しかし国元の家老のほとんどは法華宗信徒であったため、なにかと双方は対立した。

「さよう。国元と大坂の家老の対立は信仰上のことだけであろう。太閤様の意であると知れば、誰も反対などするわけはない」

秀家は仕置家老の筆頭を戸川達安《とがわたつやす》から長船綱直に替えるように命じた。足軽《あしがる》大将の浮田太郎左衛門《うきたたろうざえもん》、お豪の付き人中村次郎兵衛が綱直の補佐につき、キリシタン三人衆が政務を取り仕切ることになった。

しかし、宇喜多家の財政は逼迫していた。

国元の家老たちはお家財政の立て直しを図るため、評定《ひょうじょう》を開くことにした。

大坂からは長船紀伊守綱直、中村刑部次郎兵衛が出席、国元からは宇喜多忠家、戸川達安、岡家利の子利勝《としかつ》、花房正成《はなぶさまさなり》、宇喜多詮家、花房職秀《はなぶさもとひで》、楢村玄正《ならむらはるまさ》らが集まった。

開口一番、綱直が強い口調で、

「お家の立て直しは、検地《けんち》を改めるしか方法はござらぬ。話し合いは無用じゃ」

と言い切った。

検地とは農民の田畑を測量し、年貢高を算定することで、それを改めることで綱直は増税を目論もうとしていた。

「綱直殿、それでは評定にはなりませぬ。こうして重役の方々にお集まりいただいているのですから、もう少しいろいろな意見を伺いたい」

忠家がやんわりといなしたが、綱直は、

「そんなことは必要ない。検地改め以外にお家の掛りを補うものはござらぬ」

綱直の高圧的な物言いに家老たちは拳を握り締めた。

「殿の意見も同様でございますな、綱直殿」

次郎兵衛が国元の家老たちをゆっくりと眺め回しながら言った。

「はばかりながら……」

末席から声をかけたのは職秀だった。

「殿がご遊興を少しお控えくだされば」

「何を申す。殿を批判するなどもってのほか。多少のご遊興がなんだと申されるか」

綱直が声を張りあげると、今度は次郎兵衛がしたり顔で言った。

「まあ、殿のご遊興の掛りは、石数に直せばせいぜい一万石ぐらいなものでしょう。検地改めで入る額とは比べ物になりますまい」

検地改めをすれば、地元の農民からの反感を買うことは間違いない。家老たちは憤懣やるかたない思いを無理やり飲み込んだが、ことはそれだけではすみそうになかった。

年貢は全収穫量の三分の二という重税で、これによって宇喜多家は二十万石という膨大な増収を得ることになった。しかし、当然だが領内の農民たちの苦しみは計り知れないものがあった。

その年の暮れ、お豪は長女貞姫《さだひめ》を産んだ。

もともと病弱なうえ、産後の肥立ちが悪く、お豪は翌年病床についた。

国元の家老たちは、心配する秀家に「法華の祈禱《きとう》は効験《こうけん》あらたかにござりまする。病魔退散を祈らせましょう」と薦めた。

早速日蓮宗寺院に多数の僧侶が集められ、平癒祈禱《へいゆきとう》が始まった。しかしお豪の病状が快方に向かうことはなかった。病は医師、養安院《ようあんいん》の治療で回復したが、秀家の怒りは法華宗門徒の家老たちに向かった。

「法華の祈禱などなんの効果もない。宇喜多の家中に法華宗はいらぬ。法華門徒たちに宗旨替えをさせよ」

この言葉を聞いて黙っていられなかったのが武断派の花房職秀であった。職秀は法華宗の強信者で、また秀家を幼い頃から知っている彼は子供をたしなめるような口調で主人に意見した。

「殿はご領内の年貢を取りすぎておられます。農民は苦しんでおりますぞ。お城の普請も大事ではありましょうが、もう少し考えていただけませんかのう。殿は法華門徒に宗旨替えをするよう申されますが、紀伊守のようにキリシタンになれというのでござるか。紀伊守といい、中村刑部といい、口先だけの忠義もんに鼻毛を読まれておられるなんぞ、殿は本当に甘いお方でござりまするな」

秀家は激怒した。花房職秀、嫡男職則《もとのり》、次男職直《もとなお》父子を岡山城下の屋敷に蟄居《ちっきょ》させ、出仕《しゅっし》を禁じた。

秀家の怒りはおさまらず、切腹させることも考えたが、職秀は数多い戦功もあり、天下に名の聞こえた豪傑である。それを簡単に死なせるわけにもいかなかった。

それを聞いた秀吉は宇喜多家中の内紛を未然に抑えるために、花房父子の身を常陸国《ひたちのくに》、佐竹義宣《さたけよしのぶ》に預けた。

これが後に大問題となる宇喜多家のお家騒動の始まりとなった。

元号が変わり、翌年の慶長元年（一五九六）七月十三日午前二時頃、畿内に大地震が起こった。伏見城は天守閣、大手門、櫓《やぐら》などすべてが倒壊した。京都の伏見では多くの圧死者が出た。大坂城にいて難を逃れた秀吉はすぐに伏見城再建にとりかかった。

明国からの使者が堺湊《さかいみなと》に到着したのは地震から程なく八月十八日だった。秀吉は明使から受け取った冊書《さくしょ》の内容を知ると激怒した。

『特ニ爾《なんじ》ヲ封《ふう》ジテ日本国王トナス』のくだりを読んだときにはわなわなと震え、冊書をつかんで投げつけた。

明の朝廷は『秀吉が望む勘合貿易《かんごうぼうえき》は認められないが、秀吉を日本国の国王として任じよう』といってきたのだった。

明がこのような冊書を送ってきたのにはわけがあった。

朝鮮での戦いが一時休戦に入ったとき、秀吉は明が降伏したという報告を受けた。しかし、明の朝廷も秀吉が降伏したという報告を受けていたのだった。これは日本と明双方の講和担当者が穏便に講和を行うため偽りの報告をしたためだった。そんなこととは知らない秀吉は明の皇女を天皇に嫁がせることや朝鮮南部の割譲《かつじょう》などを講和条件に提示していたが、明側がこれを受け入れるはずもなかった。

結局日本側の交渉人は偽りの降伏文書を作成し、秀吉の講和条件は『勘合貿易の再開』のみであると伝えた。

講和談判は決裂に終わった。

秀吉は九州、中国、四国の諸大名に再度出兵の陣触れを発した。出兵の時期は翌慶長二年（一五九七）二月である。

岡山城が竣工《しゅんこう》したのはこの二度目の朝鮮出兵前である。実に八年間をかけた大改修で生まれ変わった岡山城は黒漆塗《くろうるしぬり》の下見板《したみいた》が特徴的で、『烏城《うじょう》』と呼ばれるようになる。

秀吉の大坂城にも劣らないほどの新城に歓喜した秀家は、迎えた国元の家老たちの声に出さない不満にまったく気づこうともしなかった。

秀家は喜びも醒めぬ中、岡山から朝鮮へと向かい、小早川秀秋、毛利秀元と合流し、釜山城に入城した。

朝鮮王朝は李舜臣率いる水軍に対し、釜山の日本軍を攻撃するように命じたが、舜臣はこの命令を無視した。

これの裏には経緯があった。日本軍の和平推進者である小西行長が戦争遂行者である加藤清正を朝鮮水軍によって討ち取ってもらおうと朝鮮側に申し入れていたのだ。李舜臣はこれを敵の罠ではないかと疑い、攻撃しなかったのだ。李舜臣は解任され、後任には元均《げんきん》が登用された。

日本軍は七月に元均率いる水軍に遭遇した。一日中進軍に明け暮れ疲労困憊していた朝鮮水軍を日本軍は翻弄した。さらに巨済島《きょさいとう》で停泊していた朝鮮水軍を日本水軍が急襲、朝鮮水軍は大敗北を喫した。元均は陸に逃げたところを島津義弘の兵に討たれた。

八月に入り、朝廷は再び李舜臣を司令官に起用するが、おおかたの船を失った朝鮮水軍は動きがとれず、制海権は完全に日本水軍のものとなった。しかし、九月に入ると日本水軍と李舜臣率いる朝鮮水軍の決戦が鳴梁《めいりょう》で行われ、舜臣は潮の流れが変わるのを見計らって攻撃をかけ、日本水軍を破った。海における日本軍と朝鮮軍の戦いは一進一退であった。

陸においては、日本軍が明軍の根拠地となっていた南原城《なんげんじょう》を陥落させた。毛利秀元と黒田長政の軍は忠清道天安《ちゅうせいどうてんあん》を占領し、漢城から出撃してきた明軍と激突した。陸においても戦闘は一進一退だった。

この年、国内では宇喜多家の家老が二人亡くなった。

九月六日、戸川達安の父で古くから宇喜多家に仕えていた肥前守秀安《ひぜんのかみひでやす》が亡くなった。

そして年末、仕置家老の筆頭である長船紀伊守綱直が病死した。国元と大坂屋敷で家老たちの対立の真っ只中の死であったため、国元家老の宇喜多詮家らに毒殺されたのではないかとの噂が広まったが、綱直亡き後、仕置家老に戸川達安が再任されたので双方の対立はいったんは収まったかのように見えた。しかし、大坂屋敷における仕置は依然キリシタン派の中村次郎兵衛、浮田太郎左衛門らに任されていた。

また、お豪もこの年の春、再び病床についていた。

お豪に狐がとり憑いたと診断したのは京都の名医と呼ばれる養安院だった。知らせを聞いた秀吉は伏見の稲荷大明神の狐あてに朱印状を書いた。

「こんなけしからんことは二度とするな。聞かないなら毎年狐狩りをする。早く豪姫から退散しろ」

狐狩りの公文書を発したのはあとにも先にも秀吉だけだろう。

当のお豪はこのとき、北政所に仕えていた内藤《ないとう》ジュリアに導かれ、キリシタンの洗礼を受けたといわれている。お豪のキリシタン入信によって、国元と大坂の家老たちの対立はいっそう深まっていく。

そしてその頃、秀吉自身もは咳気《がいき》の病に悩まされていた。

秀家は小早川秀秋、毛利秀元、浅野幸長《あさのよしなが》と諸軍約七万人とともに五月に帰国した。

秀吉は自分の死期を悟ったのか七月十三日、大坂城に諸大名を集め、五奉行《ごぶぎょう》、五大老《ごたいろう》を定めた。

五奉行は石田三成《いしだみつなり》、長束正家《ながつかまさいえ》、増田長盛《ましたながもり》、浅野長政《あさのながまさ》、前田玄以《まえだげんい》の五人で、秀吉の死後の豊臣政権の執行を任せた。そしてその上部機関として徳川家康《とくがわいえやす》、前田利家《まえだとしいえ》、毛利輝元《もうりてるもと》、上杉景勝《うえすぎかげかつ》、宇喜多秀家を五大老とした。五大老は秀吉の息子、秀頼を補佐する役割で、最高の権限を有するものだった。

秀吉は五大老についてこう言い残している。

徳川家康については、

「江戸殿は律儀な人である。その律儀ぶりを自分は長年見てきた。彼の孫娘を秀頼に配したい。あの律義者はよく秀頼を取り立ててくれるであろう」

前田利家については、

「加賀大納言は、自分の竹馬の友である。彼がいかに律儀な男であるかを自分はよく知っている。だから秀頼の後見人となってもらうが、きっと秀頼のためによくしてくれるであろう」

毛利輝元、上杉景勝については、

「輝元、景勝はこれまた律義者である」

そして宇喜多秀家については、

「秀家は余人とは違う。自分が幼少の頃から取り立てた者である。秀頼を守ることについては他の者とは異なり、いかなることがあってもよもや逃げ走りはするまい。大老ではあるが奉行のあいだにも割り込み、実着に職務を執り、公平に周旋してくれるであろう」

時に秀家は二十六歳、五大老の中でも格段に年齢は若く、所領も少ない。秀家をしのぐ大大名はほかにも数多くいた。にもかかわらず、秀家は五大老の一人となったばかりか、秀吉は秀家を自分の死後の豊臣家を守ってくれるかけがえのない人物であると評価していた。血縁こそなかったものの、秀吉が心から寵愛し、手塩にかけて育てた豊臣家の人間だったからである。

八月五日、秀吉は五大老、五奉行に秀頼への奉公を誓う起請文《きしょうもん》に血判を押させた。

八月十六日、秀吉が危篤状態となり、五大老は秀吉の枕元に集まった。秀家は痩せて衰弱した秀吉の姿を見て、声を上げて泣き出した。秀吉の微かな声は秀家の激しい嗚咽にかき消された。秀家は実父、直家が死んだときを思い出していた。直家が臨終のとき、秀吉と交わした約束はしっかりと守られていた。今の自分の姿こそその証拠だ。今度は自分が約束を守る番なのだ。秀家は子供のようにしゃくり上げながら、固く心に誓うのだった。

それから二日後の八月十八日午前二時、太政大臣従一位《だじょうだいじんじゅいちい》豊臣秀吉は六十三歳でこの世を去った。秀吉の死は朝鮮に派遣されていた日本軍には知らされなかった。秀吉の死を秘匿したまま十月十五日、五大老による撤退命令が発令された。秀吉の画策した明遠征、朝鮮征服は成功に至らぬまま、秀吉の死によって終結した。六年に及んだ戦争は、朝鮮には国土の荒廃と軍民の大きな被害をもたらし、明は莫大な戦費の負担と兵員の損耗《そんもう》によって滅亡の一因となった。日本においても過大な兵役を課せられた大名たちは疲弊《ひへい》し、家臣間のいさかいなどが起こり、結果的に豊臣政権の基盤を危うくすることになった。

どの時代においても戦争とは悲惨な傷跡を残す。しかし、戦国の世の終焉はまだまだ先のことであった。

秀吉の死後、朝鮮征伐の派兵によって財政が逼迫する諸大名の中、最大の石高を持ちながら、新領地の整備のため九州への出陣止まりで朝鮮への派兵を免れた徳川家康が隠然たる力を持つようになっていた。

明、朝鮮との和平交渉でも家康が主導権を握り、実質的な政権運営者へとのし上がる様は目覚しいものだった。

大老として日本軍引き揚げの指図に忙殺される毎日を送っていた秀家は、家康の行動を目に余るという思いで見ていた。五大老の筆頭として力を持つことはまだしも、家康が秀吉の遺命に背く行動をとり始めたからだ。

秀吉は文禄四年に大名同士の婚儀を無断で行うことを禁止していた。それを家康は豊臣氏に無断で、まず六男の松平忠輝《まつだいらただてる》の正室に伊達政宗《だてまさむね》の長女を迎えた。続いて家康の甥、松平康元《まつだいらやすもと》の娘を福島正則《ふくしままさのり》の嫡男正之《まさゆき》に嫁がせた。さらに蜂須賀家政《はちすかいえまさ》の嗣子と小笠原秀政《おがさわらひでまさ》の娘、家康の叔父、水野《みずの》忠重《ただしげ》の娘と加藤清正、保科正直《ほしなまさなお》の娘と黒田長政、次々と婚儀を行い、巧みに味方を増やし始めた。

秀家は秀吉と交わした起請文が早くも意味を持たないものになってきていることに危惧の念を抱いた。

悪い予感がしていた。

7　折られた釣竿

秀家は今まで己の行動を顧みたことがなかった。

幼い頃、家督を相続し、大名になり、大人たちは、みな秀家にかしずいた。大人たちは誰も秀家を叱らない。秀家が畏怖を抱くのは秀吉だけだった。

秀吉は戦国武将の中では特異な存在だった。

武将たちの誰もが持っていないものを持っていた。それは生まれながらの貧しさだった。幼少時代の充たされぬ思いこそが、秀吉の生き方を支えたあくなき追求心、根性を生んだ。城の中でぬくぬくと育った二代目、三代目にはない最高の武器となった。

武士というものは、自分の立場や家族を守るため、死んでもよい覚悟を持って戦う。しかし、秀吉はいっさいのものを失っても生き抜こうとした。より高く、生への異常なる執着が秀吉を強くしたのだ。また、秀吉は生まれながらの楽観主義者だった。少しぐらいの失敗ではへこたれない。むしろ失敗を次の教訓に生かそうという前向きの考えの持ち主だった。

秀家は悔悛《かいしゅん》に塞《ふさ》ぎ込む秀吉を見たことがなかった。秀家は誰にも自らを省みる行為というものを教わらずに生きてきた。

遠流となって二年、この頃になって秀家は過去の自分の生きざまを思い直していた。後悔することが多々浮かんだ。

大いなる失点は徳川家康の本性を見抜けなかったことだ。秀吉が五大老を定めたときでも遅くはなかった。あの時に見抜いていたら自分の人生も変わっていただろう。秀吉のように失敗を次に生かしたくとも島にいる限り、次の機会は永久にこない。

島に来て二年がたった今も日々の暮らしはほとんど変わらない。相変わらずその日の糧《かて》を得るための生活をしている。

釣り糸を垂れながら、思索に耽る日々が続いていた。

春から秋にかけてはベラがよく釣れる。ベラは生でも焼いてもうまい。

皆の喜ぶ顔を思い浮かべて秀家は微笑んだ。

こんな他愛もないことの中にしか喜びは見出せなかった。

しかし、この日、秀家には考えなければいけないことがあった。

数日前、朝起きると異変があった。土間に置いてあった手製の釣竿がすべて折られていたのだ。釣竿は食料調達のための大切な道具で、生活に直接支障が出る。誰の仕業かわからないが、深い悪意が感じられる。

「これは一体どういうことなのだろう」

この島で生きていく覚悟が出来、島の人々にも溶け込めるようになった矢先である。秀家は困惑した。

「殿様、この島にはやはり悪い人がいるのです。ここに来てすぐの頃、いつも誰かが覗いていたんですよ」

憤慨した登らがまくしたてる。

孫九郎は訴えた。

「父上はこの島には敵がいないと申されましたが、本当にそうでしょうか」

「やはり敵はいるのです。敵はいつも我々を狙っているのです」

犯人を探し出す、と言い張る孫九郎を秀家は押しとどめた。やっと島民たちに認められるようになったというのにここで波風を立てるようなことは避けたかったのだ。

「いつか必ず真相がわかるときが来る。それまで我々は正々堂々と生きていくだけじゃ」

秀家は釣竿を作り直し、何事もなかったかのように海に来た。

何者かが秀家たちを疎《うと》ましく思っているのだろうか。それとも誰かに恨まれるようなことをしたとでもいうのか。

「考えても仕方がない」

秀家は独りごち、釣れたベラを魚篭に入れ、南原《なんばら》の海岸に立ち寄った。八丈富士の噴火で流れ出た溶岩が海に張り出し、この南原の海岸に畳千畳分もの溶岩台地を作っている。

秀家ははじめて上陸したこの海岸がことのほか気に入っていた。釣りの帰りには必ずこの赤黒い地面に腰をおろし、寸時くつろいだ。溶岩で出来た地面はとても温かく、悩みも心配事も消えていく。うとうととしばし幸せな気分に浸った。

屋敷に戻ると敷地内から親子連れが出てきて、秀家の顔を見ると腰を深く折り曲げて、何度も何度もお辞儀をする。

「佐吉《さきち》、歩けるようになったか。それはよい按配《あんばい》じゃ」

声をかけると佐吉と呼ばれた少年が「うん」とうれしそうに返事した。

「これ、『うん』ではないじゃろうが。殿様に向かって」

母親がたしなめる。

「よいよい。これ、佐吉。もう無茶をするでないぞ」

崖から飛び降りて足を痛めた少年の親子は道珍斎のところに通っていた。

道珍斎は屋敷内の別棟に診療所を開いていた。医者のいなかった島の人々は道珍斎に頼り、診療所が出来たときは島中が沸いた。

すぐに道珍斎の診療所の前に患者の列ができた。特別な薬品はないので、島に生えている薬草や鍼灸《はりきゅう》が中心の診療ではあったが、患者たちはみるみるうちに元気になった。単なる薬効というより、医者に診てもらっているという安心感からだったろう。

「道珍斎よ、休みなしじゃのう。自分の体の養生もな」

秀家は診療所に顔を出した。

「ありがとうございます。でもご心配はご無用です。この頃は国にいた頃より楽しゅうございます。薬らしい薬もないのでたいした治療は出来ませんが」

「いやいや、みんな喜んでおるではないか。わしはそなたがうらやましいぞ」

秀家は医者として生き生きと過ごす道珍斎を見て嬉しい気持ちと同時に羨望にも似た感情を抱いていた。

「そなたはこの島になくてはならぬ人物じゃ。わしのように釣りをするだけしか能のない人間とは違う」

「殿、そのようなことはおっしゃらないでください。殿はもうすっかりこの島に溶け込んで、島民からも慕われておられるではないですか」

「そうかの」

秀家は目を伏せた。

「釣竿が折られたことは殿とは関わりのないことですぞ」

「そうじゃの。そのことはもうよいのじゃ。ただ、この島でしなければならないことがわしにはあるのじゃろうかと考えてしまうのじゃ」

道珍斎は一瞬、間をおいてからきっぱりと言った。

「生きていくことです。どんな過酷な状況であろうと生き抜くことだと私は思いまする」

「道珍斎、わしが生きていてどうなるというのじゃろう。人間誰しもいつかは死ぬ。すべての物は必ず滅びる。どうせ死ぬとわかっていながらどうして生きていかねばならぬのじゃ」

道珍斎は秀家をまっすぐ見据え、言った。

「人間は生きていく使命を持っているのです。命が果てるその瞬間まで精一杯生きねばなりませぬ」

「そうじゃの。生きていくことがわしに科せられた罰なのかもしれんの」

道珍斎は悲しそうな目で秀家を見つめた。

道珍斎の言うことが正しいのはよくわかっていた。

しかし生きていくことは難しい。

特に八丈島における生活は物質面だけでも厳しい。

まず第一に慢性的な食糧不足である。米は一年のうち数えるほどしか口には入らない。釣ってきた魚がある日はまだいい。普段は雑穀と芋や明日葉が入った雑炊だ。

秀家は二年間で肉が落ちた。頬はこけ、あばら骨が見え始めている。

畑の作物は嵐が来るたびに枯れて萎んだ。

道珍斎の診療所に通う島民たちが芋や野菜をお礼にと届けてくれるのでなんとか空腹をしのげたが、先のことを考えると常に不安な日々が続いていた。特に阿いのことが心配だった。

阿いは乳母としての立場から食べ盛りの小平次に自分の分を与えていた。秀家はなす術のない自分が腹立たしかった。

屋敷の土間にいさとわかが百合根と山芋を持って来てくれていた。

「殿様、最近はすっかり漁師さんのようですね」

秀家の魚篭の中を見ていさが愉快そうに言った。

いさとは梅の花見以来、親しく話すようになっていた。いさは島の名主、菊池《きくち》家の血を引く家系だったが、三年ほど前、夫を病気で亡くし、年老いた両親と与市《よいち》という五歳の男の子と暮らしていた。父親は長年、咳気《がいき》の病で悩んでおり、月に二、三回、道珍斎が往診していた。

「自分でも時折錯覚するのだ。昔からここで漁をして暮らしていたかのような――」

いさには警戒心を持たず自分の気持ちを隠さずに話すことが出来る。

「自分が大勢の兵を率いて合戦の場にいたなんて夢の中での話のようだ」

「なんとなく私にもわかります。私も自分の記憶が曖昧になることがあります。目を瞑るとすぐその時に戻れそうな気がするのに、それが本当にあったことなのかわからなくなることがあるのです」

秀家は、いさの顔を見た。瞳は聡明そうに輝き、閉じられた唇は意志の固さを表しているように見えた。

「記憶が曖昧となな」

秀家は言葉を一旦止め、いさの表情を窺った。

「そのようなむずかしいことを言うおなごははじめてじゃ」

「可愛げのない子じゃと幼い頃からいわれました」

「いや、そうではない。いさ殿がおなごではなく男であったらきっと優れた武将になったであろうと思ったのじゃ」

不思議な縁を感じていた。お豪も養父秀吉から、男であったら関白にしたいと言われたことがあった。いさはお豪にどこか似ていた。「殿様は大変優れた武将であられたと聞いています。でも、いさは今の殿様もご立派だと思います」

いさは顔を紅潮させ俯いた。襟元から覗くうなじが白かった。手を伸ばして触れてみたい衝動を秀家は抑えた。

阿いが屋敷の中から顔を出した。

「さあ、飯が出来たようだ」

いさに食していくように誘ったが、いさは丁寧に礼を述べて帰っていった。

わかは誘うと屈託なく喜んで食べていく。

その日もわかは阿いと登らの仕度を手伝い、健康的な食欲を披露している。

山芋と百合根の入った雑炊と生のベラはうまかった。

「いささんは私の作ったものは食べたくないのでしょうかね」

阿いが少し棘を含んだ言い方をする。

「いや、家族を気遣ってのことだろう。老いた両親と子供をさしおいて、自分だけ食べることができないのだよ」

道珍斎が阿いをたしなめる。

「阿いさんは殿様といささんがあんまり仲良くするもんだから面白くないんですよ」

登らが秀家のそばに来てこっそりと言う。

「おいおい、からかうもんじゃないぞ」

秀家は言い返したが、登らの言うことも一理あると思い直した。

小平次の世話、大家族の切り盛りをすべて阿いに任せっきりにしている。特に毎日の食事のやりくりなど、食糧のない中、どんなにか大変なことだろうか。心の中でいつも阿いに手を合わせてはいるが、ここ最近は労《ねぎら》いの言葉すらかけていなかった。

秀家は思い立って昼過ぎから一人で屋敷を出た。

今度は海ではなく、山に向かう。ほどなく山間の畑を耕している太助が見えた。

「太助殿」

声をかけると太助は鍬《くわ》を置き、腰を伸ばした。

「ああ、殿様。どうなされました」

「実は太助殿にお願いがあって参ったのだが」

秀家は着物のすそを端折り、畑に下りていった。太陽が頭の真上で照り付けている。

汗をぬぐい、秀家は太助が耕していた畑を見つめた。

「どうなさった、殿様。今日は海へは行かないのですか」

「いや、今日は大漁じゃった。ベラがな」

「おお、そうですな。今の時期はベラがよく獲れますじゃろう」

秀家は畑を見つめている。

「殿様、何の話ですかい」

秀家は振り返り、太助に頭を下げた。

「太助殿、わしに穀物の種を分けてほしいのじゃ」

「はあ、穀物をね。芋や豆と違って手がかかりますがね。殿様がお作りにならなくても粟《あわ》とか稗《ひえ》でよければ分けて差し上げますよ」

太助は知っていた。大家族の食糧事情がどんなに大変であるかを。畑で芋や豆を育てても嵐のたびに作物が駄目になる。秀家が家族のために嵐のなかでも釣り糸を垂れている姿は幾度も見かけていた。

「いつも太助殿には助けていただいてかたじけないと思っておる。しかし、いつまでも頼ってばかりいられぬ。粟でも稗でもよいので種を分けてくれぬか」

「そうですか。わかりました。あとでお届けしますよ」

「かたじけない」

太助は家と畑の行き来に、秀家の屋敷の前を通る。そんなとき声をかけてくれればすむことなのに、わざわざ畑まで出向いてきた秀家の行動に、太助は宇喜多家の窮状を察したのだった。

夕方、太助が粟の種と共にたくさんの野菜を届けてくれた。

「もうすぐ種まきの時期がきますで、そのときにいろいろとお教えしますよ」

「なにからなにまで本当に世話をかける」

秀家は深々と頭を下げた。

「わあ、なすびに瓜に大根まである。芋と豆と明日葉ばかり食べてたから飽きてしまってねえ」

土間の野菜を見た登らが歓声を上げた。

「なすびは焼いて味噌をつけて食べるとうまいぞ」

太助の言葉に登らは目を輝かせた。

夕刻に雨が降ってきた。今日は収穫の多い日であったと早めに床につこうとしていたところ、孫九郎と半三郎が神妙な面持ちでやってきた。

「父上、申し上げたいことがあります」

二人は並んで畏《かしこ》まった。

「どうした。申してみよ」

半三郎が口を開いた。

「釣竿が折られていたことですが、犯人は弥助ではないかと思います」

秀家は目をむいた。

「なに、弥助が……。どうしてそのように思うのだ」

「弥助は島に来てからまったく仕事らしい仕事をしておりません。本日、八重根の港の近くを通ったとき、弥助を見かけました。普段、左足を引きずるように歩く弥助が早足で歩いておりました」

「そのことがどうして犯人である証となるのだ」

「江戸から来た商人風情の男と親しげに話をしていたのでございます」

「はて、申している意味がわからぬが」

孫九郎が進み出た。

「半三郎は弥助が徳川の密偵ではないかと申すのでございます」

秀家は愕然とした。弥助が徳川の密偵かもしれないということよりも、十三人の家族の中で憎悪や疑念が生まれていたということにである。

「父上、弥助はどういう素性の者なのでしょう」

「それは……」

弥助が島に同行するようになった経緯は、道珍斎と同様、加賀の前田藩の推挙によるものだった。それまで弥助がどこで何をしていたか、秀家も知らなかった。

「弥助のことは何も知らぬ。しかしたとえ弥助が徳川と繋がっているとしても、今回の釣竿のこと関わりがあるとは思えぬ。推測で物をいうべきではないぞ」

孫九郎と半三郎は唇を噛んで頭を垂れた。

「弥助は気を病んでおる。長患いが過ぎるような気もするが、家族ではないか。温かい目で見守ってやろうぞ」

秀家は二人に背を向けた。

弥助のことを本当に信頼していたわけではなかったが、人の心にふつふつと沸く疑いや蔑《さげす》みに振り回されるのはたまらなかった。

そんなものは武士という立場とともに捨ててきたはずであった。

数日後、釣竿を破壊した犯人が判明した。

夜明け前に起きた久七が畑の作物を踏みつけている男を捕まえたのだ。

それは母親を労咳で亡くした漁師の喜八だった。

喜八は道珍斎の診療所で病が回復する人々を見るにつけ、妬みの焔《ほのお》が燻《いぶ》った。そしてついには、道珍斎が故意に診療を怠ったのだと思い始めたのだった。復讐心に燃えて、釣竿を折り、畑を踏み荒らしたのだろう。

「私にはどうしても喜八を憎むことができないのです」

泣いて許しを乞う喜八を解放してから道珍斎がしみじみと言った。

「喜八の母親が死んだのも、もともと私の力のなさなのですから。喜八が私を恨むのも責められません」

「いや、それは逆恨みというものじゃ。人間はいつかは死ぬ。道珍斎のせいではないことは喜八自身、わかっておる」

「わかっていても抑えきれなかったと喜八は言っておりました」

「そうじゃな。喜八も心を入れ替えてがんばってほしいものじゃ」

秀家はここで密かに気にかけていたことを口にした。

「道珍斎、弥助の具合はもうよいのじゃろう」

「はい。もうすでに体のほうはよいはずなのですが。なかなか皆と足取りが揃わないようですな」

「弥助の素性などは知っておるか」

「詳しくは知りませんが、加賀の農家から前田家に奉公したという話を聞いておりますが、なにか」

「いや、それならよいのじゃ」

軽々しく尋ねたことを秀家は後悔した。道珍斎は不審そうな顔をしている。もうこれ以上誰のことも疑うまい、と秀家は心に決めた。

8　家臣の反乱

秀家が周囲から『お坊ちゃま大名』と思われた理由の一つは、周りの人間すべてを信頼しきってしまうことにあった。

お豪の輿入れのとき、付き人として宇喜多家に来た中村刑部次郎兵衛に対しても秀家は疑うことなく信頼し、すべてを委ねた。

後年起こった宇喜多家のお家騒動は、財政の逼迫を因に発した大坂と国元の家老たちの反目であったが、一方では秀家が次郎兵衛に肩入れし過ぎたからだという見方もできる。

筆頭家老の長船綱直亡き後は、戸川達安が後任に就いていたが、備前の田舎侍である達安と秀家は何かと行き違いが多く、秀家は次郎兵衛を重用した。

そしてキリシタンである次郎兵衛は、秀家の信頼を勝ち取ったという自信からか次第に国元の法華宗に対する締め付けと改宗の催促を始めた。

それに対して国元派の事務方は次郎兵衛の公費の私物化、横領の疑いがあるという事実を密かに調べ上げた。

国元の家臣たちはもう黙っていられず、次郎兵衛の追放を訴えた。

「殿に直訴いたそう。すべての責任はわしが負う」

達安が決心したのは慶長三年（一五九八）十二月のことだった。

家老たちは六人そろって、大坂の秀家に面会を求めた。達安が提出した次郎兵衛の横領の数々を書き連ねた文書を目にした秀家は、あからさまに不快感をあらわにした。

「こんなことで六人も打ちそろって参ったのか」

「これだけのことが不正に行われているのでございます。殿、どうか次郎兵衛殿をここにお呼びくだされ」

六人は手をついて懇願した。

「それはならぬ。あとで次郎兵衛に質《ただ》してみる」

秀家は頑なになっていた。

「法華の改宗についても、過ぎたことを蒸し返すようなことはやめていただきたくお願い申し上げます」

「わしはそのようなことは知らぬ」

「次郎兵衛殿は殿からのご命令と申しておるのでございます」

秀家は家老たちを睨み付けた。

「お豪の病のとき、法華の祈禱は何の役にも立たなかった。そのことから次郎兵衛たちは法華よりもキリシタンのほうがよいと薦めておるのであろう」

「殿、キリシタンがお豪様の病を治したのでありましょうか。どんな宗派であろうと、祈禱がいつも効くとは限りませぬ」

達安も頑固に言い張った。

「黙れ、達安。次郎兵衛にはわしから問い質しておくから、今日のところは帰れ」

「いいえ、殿、次郎兵衛殿に会うまでは私どもは帰りませぬ。次郎兵衛殿をここへお呼びくださいませ。このままではお家がたちゆきませぬ」

達安は手をついたまま、顔を上げて秀家を見つめた。

「もう話は終わりじゃ」

秀家の顔は見る見るうちに赤くなり、席を立って奥にこもった。

一人、冷静になって考えているうちに、秀家は事の重大さに気がついた。達安たちがこれで納得したとは思えない。また明日にでも来るだろう。どうしてこんなことになってしまったのか。秀家は一人、途方にくれた。

しかし、秀家の憂鬱はこれだけではすまなかったのだ。

事件は年が明けた正月五日に起こった。

中村次郎兵衛の用人、寺内道作《てらうちどうさく》が大坂城下の路上で備前藩士の山田兵左衛門《やまだへいざえもん》に斬殺されたのだ。兵左衛門は次郎兵衛を狙ったが失敗し、寺内道作が次郎兵衛をかばって斬られたともいわれている。

事を起こした後、兵左衛門は宇喜多詮家の屋敷に逃げ込んだ。

秀家は事件の報告を聞くと激怒した。

中村次郎兵衛は恐怖のたけを浮田太郎衛門を同席させ、秀家に余すところなく訴えた。

「肥後守殿のお屋敷に国元お歴々のご家老たちが集まり、私と太郎右衛門を討ち取らんと図られております」

大坂玉造《たまつくり》の戸川達安の屋敷に集まっていたのは岡越前守利勝《おかえちぜんのかみとしかつ》、花房志摩守正成《はなぶさしまのかみまさなり》、正成の長男弥《や》左衛門《ざえもん》、戸川安宣《とがわやすのぶ》、戸川又左衛門《とがわまたざえもん》、角南隼人《すなみはやと》、楢村玄正《ならむらはるまさ》、中桐与兵衛《なかぎりよへえ》らであった。

「家老たちがそろって事件を起こしたと申すのか」

驚愕する秀家に向かって太郎右衛門も訴えた。

「国元のご家老衆は亡き紀伊守様の失政を数え上げ、その咎《とが》を次郎兵衛殿と私に償うように申すのでございます。政務から退け、さもなくば成敗いたすと言うのでございます」

とうとうここまできてしまったか、と秀家は暗澹たる思いになって黙した。

「紀伊守様にどんな失政があったと言うのでございましょう。ましてやわれらにその咎を償えとは狂気の沙汰でございます」

次郎兵衛は秀家の顔色を見ながら、ことさら大げさに声を張り上げた。

「次郎兵衛、達安らはそなたが不正を働き金を横領していると申しておる」

秀家の言葉に次郎兵衛は顔色を変えた。

「なんと申されます。私がそのような横領など滅相もない」

「次郎兵衛、それは誠か」

「誠にございます。私はキリシタンです。神に誓ってそのようなことはないと申し上げます」

顔を引きつらせ、次郎兵衛の声は震えた。

「さようか。それでは達安らの言い掛かりであると言うのだな」

「はい。まったくの濡れ衣でございます」

次郎兵衛の確信あふれる言葉を聞いた秀家は、次郎兵衛を大坂中之島の備前屋敷に匿《かくま》った。

しかし、翌日、次郎兵衛の姿は備前屋敷から消えていた。

前夜、お豪が次郎兵衛に打掛をかぶらせ、女籠《めかご》に乗せて逃がしたのだ。

「ほとぼりの冷めるまで加賀から出てはなりませぬ」

屋敷の裏門からひっそりと女籠が出て行ったことは主の秀家すら気づかなかった。

次郎兵衛が加賀に逃れたことを知った秀家は内心ほっとしたが、次郎兵衛が果たして本当に不正を働いていなかったのかどうかという疑問が解消されないままになってしまった。また、次郎兵衛を逃がしたことによって国元の家老たちとの仲がまたこじれるだろうと思うと憂鬱になるばかりだった。

秀家はこのときになって気づいた。自分の周囲に心から信頼できる人間が一人もいなくなってしまったことを。側近の中でこの騒動を収拾できる者は誰もいなかった。

頼りになる秀吉はもうこの世にはいない。

五大老の中を見回しても適当な者は見つからず、第一お家の恥たる内紛をやすやす相談できるはずもない。ましてや家康に知られてはいつ弱みに付け込まれるか。

岳父、前田利家はこのところ病がちで、心配事を持ち込むわけにはいかなかった。

思案の末、秀家は越前敦賀城主《えちぜんつるがじょうしゅ》である大谷刑部吉継《おおたにぎょうぶよしつぐ》に恥を忍んで家中の調停を頼むことにした。

大谷吉継は癩病《らいびょう》を患い白い頭巾で顔を覆っている人物であったが、人柄は温厚で秀家が知る武将の中で最も公平な人物だった。

秀家は吉継を訪ね、家中で起こっている騒動の詳細を打ち明けた。

吉継は宇喜多家の騒動の仲裁役を自分のような者がしてよいのかとためらったが、秀家の強い要望に、

「承知いたした。宇喜多殿の心中を察するにまことにご同情申し上げる。なんとか力になれればよいが」

と引き受けた。

吉継は秀家と戸川達安をはじめとする家老たちを大谷邸において引き合わせ、話し合いの場を提供した。しかし、中村次郎兵衛を引き渡せと言い張る達安たちに秀家は閉口した。

次郎兵衛の身はすでに加賀である。

「中村刑部次郎兵衛が家中仕置に不行き届きの限りを尽くし、金銭を湯水のごとく使ったこと、明白であります。どうか次郎兵衛殿をこの場へお呼びくだされ」

達安は一歩も引かない。

話し合いは物別れに終わった。

『大谷殿の前でよくも恥をかかせたな。達安め、許せん』

主君は秀家である。その秀家が折れてこの話し合いの場を作ったというのに、当然のように互角に意見を主張する達安に秀家は絶望とともに憎悪の念を募らせた。

数日後、秀家は戸川達安一人を大谷邸に誘った。

『達安と二人だけで話し合いたい』

という手紙を受け取った達安は、やっと主君が折れてくれるのかと喜んだ。

達安はその夜、数人のお供だけを連れ、大谷邸に向かった。

大谷邸まであとわずかというところ、達安は背後に馬の蹄音《ていおん》を聞いた。

達安はさっと振り返り、刀を握って身構えた。

「達安殿ッ」

月の明かりに照らされた馬上の人は宇喜多詮家だった。

「おお、詮家殿」

達安は安堵したが、どうして詮家がここにいるのかわからずに立ち尽くした。

「達安殿、急いでわが屋敷に入られよ。これは罠でござる」

「罠とはどういうことじゃ」

「詳しいことはあとじゃ。急いで屋敷へ」

二人は詮家の屋敷へと急ぎ戻った。

「実は刺客が待ち伏せしていたのじゃ」

詮家は奥座敷に腰をおろすやいなや達安に打ち明けた。

「達安殿が大谷邸の手前まで歩かれていたら、おそらく襲われていただろう。すんでのところじゃった。ほんとうにご無事でよかった」

達安は眉根を寄せてしばし沈黙した。そして沈痛な面持ちで口を開いた。

「それは殿がわしを、ということか」

「おそらくそうだろう。少し前に訴状が持ち込まれたのだ。ほんとうに間に合ってよかった」

「信じられぬ」

自分はそこまで主君に疎《うと》まれてしまったのか。達安は暗澹たる思いで押し黙った。

秀家と家老たちの仲は秀家が起こしたといわれるこの未遂事件によってついに修復不可能となった。

二月、戸川達安、宇喜多詮家、岡利勝、花房正成の四人は剃髪し、玉造の詮家の屋敷に立てこもった。さらに国元から、二百五十人余の家臣たちが集まった。屋敷は騒然となり、夜になると篝火《かがりび》が炊かれ、戦の様相を呈してきた。万が一、秀家が兵を差し向けて来たならば、全員討死の覚悟で武士の意地を貫こうと決めたのであった。

秀家はこの騒動を聞き、もはや自分の手に余ることを思い知った。再び秀家は大谷吉継に頭を下げざるを得なかった。

吉継としてもこの深刻な事態を放っておくわけにはいかなかった。

吉継は双方の言い分を聞き、仲の修復に走り回ったが、意地の張り合いで今度も決裂した。手に余った吉継は徳川家康の重臣である榊原康政《さかきばらやすまさ》に相談し仲裁を依頼した。

榊原康政は宇喜多詮家と親しい仲で、かつて宇喜多家の重臣であった花房職秀父子が追放されたとき、職秀の子、職直を引き取ったという経緯がある。

吉継と康政は同じ徳川の家臣である津田秀政《つだひでまさ》を加え、三人で事態の収拾に乗り出した。ようやく討死覚悟の家老たちを鎮め、事件を収めたかに見えたとき、大変な横槍が入ったのである。

徳川家康であった。

家康は、榊原康政が宇喜多のお家騒動の調停に乗り出しているという噂を聞き、ひどく機嫌を損ねた。

「いらぬことに口を出しおって。宇喜多家の騒動など対岸の火事と思って眺めていればよいものを」

家康はその頃ちょうど、豊臣家重臣たちの切り崩しを図っていた。いまや家康の対抗馬の筆頭といえば宇喜多秀家で、その宇喜多家がお家騒動で自滅したならば、家康にとって願ってもないことだったのだ。

「康政め、礼金ほしさに動いたのではあるまいか」

家康はわざと康政を怒らせるようなことを口に出し、康政を国元である上野館林《こうずけたてばやし》に帰してしまった。

大谷吉継はやむなく事態の収拾を家康に託すことになる。

家康は戸川達安らに書状をつかわした。

『大坂城下で騒動を起こすとなれば、理由の如何に関わらず、豊臣家への叛逆《はんぎゃく》とみなさねばならない。ただちに屋敷の明け渡しを命ずる。これに従わないときは討伐することになる』

達安たちはこれに屈するほかなかった。

家康は秀頼の代行として達安たちに処分を申し渡した。

『本来なら切腹を申し渡すべきところだが、宇喜多家のこののちを思ってのこと、その忠義のほどを鑑《かんが》みれば、仕置は次のごとくに致す。戸川肥後守達安、宇喜多左京亮詮家、岡越前守利勝、花房志摩守正成の四家老は宇喜多家より放逐し、他家預かりとする』

家康は戸川達安、花房正成、中桐与兵衛の身柄を預かり、達安は常陸に蟄居、正成は大和郡山《やまとこおりやま》に蟄居させた。宇喜多詮家、岡利勝、戸川勝安、角南隼人、楢村玄正は備前に帰国を命ぜられた。

詮家たちはいったん備前に帰国したが、やがて帰国した秀家によって追放された。

この一件で七十人に及ぶ有力な家臣たちが四人の家老に従って宇喜多家から離散してしまった。宇喜多家は貴重な戦力を失い、家中の団結力も弱まってしまった。どの家臣も戦において抜群の働きを見せた歴戦の強者《つわもの》であった。

しかも主だった家老たちはいずれにしても家康の扶持《ふち》を受けることになった。国力を低下させたばかりか、敵陣営を太らせる結果になったのだ。

この一件が家康が仕組んだものであったかどうかは定かではないが、結果的には家老たちは秀家に見切りをつけ、家康を選んだということである。

秀家はこれから先のことを考え、不安な日々を過ごすことになった。このことから二カ月後、折悪しく、秀家が最も頼りにしていた岳父の前田利家が亡くなった。

秀家は気を取り直すべく、新たに仕置家老に明石掃部守全登《あかしかもんのかみたけのり》を任命した。

明石全登は直家時代に宇喜多家に仕えた明石景親の子で保木城《ほぎじょう》の城主であった。妻は秀家の妹であり、ジョアン・ジュストという洗礼名を持つ熱烈なキリシタンでもあった。

全登は家臣団が大量に退去したあとの宇喜多家を一人で懸命に支えた。

秀家は家中騒動が決着ついた翌月、備前岡山に帰り、来るべき関《せき》が原《はら》合戦に備え準備を整えた。合戦に際して秀家は軍の編成装備をすべて全登の采配に委ねた。

石田三成の呼びかけに応じて宇喜多軍が岡山城を出発したのは七月初旬であった。

9　武士の誇り

長い雨が明けた。

秀家は朝から次兵衛、久七らと共に屋敷に隣接する半町歩ほどの土地を畑地に作り始めた。太助に分けてもらった粟の畑にするつもりだ。

種まきは初夏の日差しがまぶしくなった日を選んで行われた。粟の種の粒は細かい。掌《てのひら》からこぼれ落ちそうな種をひと粒ひと粒丁寧に撒いていく。

十日ほどで発芽、一ヵ月後には粟畑に見えるようになったが、雑草取りには骨が折れた。

「粟と雑草を間違えないようにしてくだせえよ」

太助がつきっきりで作業を手伝ってくれた。

「これからは虫がつかないように注意しないといけません。実入りが悪くなりますのでね」

秀家は晴れた日も雨の日も粟畑をながめた。

雨風の強い日、倒れた粟を見ては心を痛めた。

八月、粟はついにかわいらしい穂の先に細かい白い花をつけた。あとは台風に気をつけながら実りの秋まで待つだけだ。あの小さな粒の種から粟が実るまで育てるのは、こんなに真剣な気持ちになることだったのか。

国元の農民はこんな思いで作物を育ててくれていたのかと秀家は粟の生長を見るたびにかつてない感謝の念がこみあげた。

粟の収穫を夢見ながら屋敷に帰ると、小平次と阿いの様子がおかしい。

「どうしたのじゃ」

阿いは困った顔で黙り込んでいる。

「父上、わしはもう野菜は飽きた。白い飯が食いたい」

小平次は秀家に訴えた。

「小平次、白い飯とまではいかぬが、粟ができるぞ。雑炊を腹いっぱい食べさせてやる」

「粟も稗も嫌じゃ。白い飯が食いたい」

「小平次、阿いを困らせるな。男は食い物のことで文句を言うではない。我慢するのだ」

いつになく声を荒げた秀家に、小平次は頬を膨らませた。

小平次は十一歳になっていたが、武士としての教育を受けていないせいか、自由奔放でいつまでも子どもっぽさが抜け切らなかった。

磯遊びが好きで、海に行く秀家に時折ついてきては波と戯れ、小さな蟹を見つけてははしゃいでいた。

ある日、大波をかぶってずぶ濡れになった小平次は家に帰ってから高熱を出した。

「感冒《かんぼう》ですな」

道珍斎が顔をしかめた。

「感冒を馬鹿にしてはいけませんよ。特に夏の感冒はこわい。体を温めてしばらくは寝かせておきましょう」

次兵衛が庭から生姜を掘り起こし、登らが生姜湯を作った。阿いが嫌がる小平次をなだめながら飲ませた。

小平次の熱は三日三晩続いた。阿いが寝ずの看病をしていたが、二日目の晩、秀家は阿いに起こされた。

「殿様、小平次様が」

飛び起きて、秀家が小平次を見ると、小平次はうなされていた。

「母上、母上」

小平次は真っ赤な顔をして目を閉じ、荒い息の中、繰り返し母を呼んでいた。

高熱に喘ぎながらも母の名を呼ぶ小平次に哀れを感じたのか、阿いが袂《たもと》で涙を拭き、秀家を見た。秀家が手を伸ばして小平次の額を触ってみると、火のように熱かった。道珍斎を起こさねばならないかと案じていると、小平次は突然布団から手を出して、秀家の腕をつかみ、がぶりと嚙み付いた。

「ど、どうした、小平次」

不意をつかれた驚きと鋭い痛みに秀家が声を上げると、小平次は、

「白い飯、白い……」

とつぶやいた。

阿いがほっとしたように顔をほころばせ、秀家を見た。

秀家も苦笑いをして腕を引っ込めたが、小平次の『食』への切なる欲望を見て、胸の内がざわついた。

「小平次、そんなに白い飯が食いたいか」

夜が明けると秀家は、硯《すずり》を出して墨を磨り、半紙に手紙をしたためた。

『このたび便りもこれなく、米にさしつかえ困りいり候。米、島枡《しまます》一升、鰹節三節、お貸し下されたく候』

もはや粟ができる秋まで待ってはいられない。書き終わると丁寧に折り、懐《ふところ》にしまいこんだ。

そして、いさの家に向かった。

いさは朝食の仕度をしていた。傍らでは五歳の与市が小石を積んでおとなしく遊んでいる。

秀家を見ていさは驚いた。

「殿様、こんなに朝早くどうなさったんですか」

「いや、朝早くから申し訳ない。実はいさ殿にお願いがあって参った」

秀家は懐から手紙を取り出した。

「この文を菊池左内殿《きくちさないどの》に渡してもらいたい」

いさの母は島の名主である菊池左内の身内だと秀家は聞いていた。

台所の窮乏は島に来てからずっと続いているので、今に始まったことではないが、小平次の米への渇望を寝言で聞いて、秀家は名主へ島枡一升の米と鰹節の借用書を書くことを思い立ったのだった。

島枡とは京枡の三・五倍で、三升五合にあたる。大家族にとってはわずか数日分だが、これだけあれば少しは小平次の気持ちを満足させられるだろう。

「わかりました」

話を聞いて、いさは承諾した。

「伯父がなんと言うかわかりませんが、お手紙は必ずお届けします」

「かたじけない」

ふと、いさが作っていた朝食を見ると、やはり明日葉が入った雑穀の雑炊だった。

食糧不足はどこの家でも同じなのだ。自分たちだけが飢えてるわけではない。自分勝手な願いをしているように思え、秀家は恥じ入る思いだった。そんな勝手な願いを快く受け入れてくれたいさに秀家は心の中で手を合わせた。

屋敷に戻ると、入り口で登らと太助が話をしていた。

「殿様、どこへ行っておられたんですか。こんな朝早くから」

「いや、朝の散歩じゃ」

「太助さんが牛角力《うしずもう》を知らせに来てくれたんですよ」

「おう、そうか。もう今晩から牛角力か」

牛角力とは盆の三日間、盆踊りが始まる前の夕刻に行われる闘牛のことで、ここのところ太助が夜も眠らずに牛の世話に明け暮れていたことを思い出した。娯楽の少ない島にとって、牛角力は島民の一大行事なのだ。

「どうだ、太助。牛の調子は」

「もう、絶好調ですよ。今年は絶対に一等賞です」

「それは楽しみじゃな」

食事をすませ、秀家が島内を歩いてみると、牛を引く人たちに多く行き会った。秀家を見ると頭を下げて挨拶をしたが、どの人もいつもより堂々としていた。育て上げた自慢の牛をこれ見よとばかりに歩いていく。そんな情景はいつになく微笑ましい。

夕方、秀家は家族たちを連れて角突き場《つのつきば》に出かけた。熱がやっと下がった小平次は、久しぶりの外出を喜んだ。

柵で囲った土俵の中で二匹の牛が角を突き合わせて押し合う。その迫力に観客は興奮し、やんややの喝采だ。

「あっ、次は太助さんの牛ですよ」

登らが叫んだ。

太助に引かれた牛が土俵に入った。

対する牛は太助の牛よりも一回りも大きい牛だった。それでも太助の牛は勇敢に角を合わせてゴツンゴツンと闘った。

「頑張れ、太助さんの牛」

登らと小平次が声を上げて応援した。

太助の牛は頑張ったが、体力が続かず、土俵際に追い詰められると、くるりと向きを変え、自分から土俵を飛び出した。そしてあきれるほどの速さで角突き場の外へ走り去った。

あわてて太助がそのあとを追いかけて行った。観客は大笑いだ。

牛角力が終わり、日が落ちると盆踊りが始まった。勇壮な八丈太鼓の音が体の芯まで響き、それに合わせて民謡を歌いながら大人も子どもも踊る。

「イヤー　沖で見たときゃ鬼島と見たが
来てみりゃ八丈は情け島　ショメーショメ
ついておじゃれよ八丈が島へ　荒い風にもあてやせぬ　ショメーショメ」

秀家たちも促されるまま踊りの輪に交じってひととき時の経つのを忘れた。

分け隔てなく温かい島民たちとのふれあいはこの青い空と碧い海に恵まれた八丈の最高の宝物

である。

帰り道、牛を引いた太助に出くわした。

「大変だったな、太助殿」

声をかけると太助は頭をかきながら、

「いやあ、こいつには本当にがっかりです。闘いの途中に逃げるなんて」

とうなだれた。

「いや、この牛はたいした牛じゃ。形勢が悪くなると見るや自ら退却したのじゃ。相手から倒されたわけではない、自分から土俵を割ったのだ、というところなのではないかな」

秀家は慰めた。

「そういうことなのですかのう。おらにはただ怖気づいて逃げたとしか思えないんですが」

「機を見きわめての退却も勇気のいることじゃ。命あってこそ次の勝利もあるのだ」

「殿様のおっしゃる通りかもしれません。まあ、また来年頑張りますよ」

牛を引いて太助は家路へと向かった。

「父上、本当に退却も勇気なのでしょうか」

孫九郎が秀家の横に来て呟いた。

「そうだ。退くことも勇気が必要じゃ」

秀家はそう答えながら関が原を思い出していた。自分が意地を張らずに早く退却していたらどうなっていたのだろう。いや、しかし自分の性格上、それができないことはわかっている。今さらそんなことを考えてもどうしようもないことだが。

「私はそうは思いません。退却は逃げです。敵に背を向けることは勇気ではありません。ただの臆病です」

秀家は孫九郎を微笑ましく見つめた。

自分も昔はそうだった。退くことを知らず、前へ前へと進んだ。孫九郎はあの頃の自分によく似ていた。

しかし、勇気とは前にだけ進むことではないことを秀家は今は知っている。はたして孫九郎がそれを知るときが来るのだろうか。

「関が原で父上が敵に背を向けず、最後まで戦いきったこと、私は誇りに思います」

孫九郎は秀家の顔を見て、久しぶりに笑ってみせた。

三日後の朝、いさの案内で名主からの荷物が届いた。

島枡一升の米を見た小平次は、大騒ぎして阿いを呼びに行った。

「いさ殿、本当にかたじけない。いつか必ずお返しすると左内殿にお伝えくだされ」

「いえ、伯父は返さなくてよいと申しております」

「それはいかん。必ずお返しする。それがいつかと問われると答えられないが、とにかくこれは必ずお返しする、このご恩は忘れないと左内殿に」

ひと言ひと言、力を込めて言う秀家にいさは頷いた。

「わかりました。伯父にそう伝えます」

「それからいさ殿、米を少し持っていってほしいのじゃが。借りた身分でこういうことを言うのはおかしいが」

「とんでもないことです。これは殿様のご家族で召し上がってください」

後ずさりしていさは拒んだ。

秀家がさらに持っていくように言うと、

「本当に結構ですから」

と逃げるように行ってしまった。

秀家は登らに米を早速炊くように命じた。

登らは大喜びで大量の飯を炊いた。米が炊き上がる香りが久しぶりに屋敷内に漂った。

釜を開けると、米の一粒一粒が、昔大坂城で見た真珠のように輝いて見えた。

「登ら、早速だが、握り飯を四つ作ってくれないか。出来るだけ大きいのを」

登らが男の拳よりでかい握り飯を四つ作り上げた。秀家はそれを風呂敷に包み、家を出た。

いさの家を訪ねると、与市が家の前で虫を捕まえて遊んでいた。

秀家は背にくくりつけた風呂敷包みをほどいて与市に差し出した。

「与市、これを母御《ははご》に渡してくれないか」

「かかは中にいるよ」

「いや、いいんだ。これを渡してくれればいいんだ」

ほかほかと温かい風呂敷包みを受け取った与市はくんくんと匂いをかいで目を輝かせた。

秀家はそのまま踵を返した。

屋敷では皆がほかほかの飯を前に秀家の帰りを待ちわびていた。

「父上、もう待ちくたびれました」

小平次が口を尖らせた。

みんなでたらふく米を食った。米は太助やわかなど近くの島民たちにも振舞われた。

そんな中、孫九郎の箸は進まなかった。

どうしたのかと訝っていると、孫九郎は秀家に小声で言った。

「父上。名主殿にこのような借りを作って大丈夫なのでしょうか」

「どういうことだ?」

「名主殿は私ども流人の動向を探って徳川に報告しているのではないかと考えるのは間違いでしょうか」

「ふむ、そのようなことを考えておったのか」

「宇喜多のこんな情けない様が徳川に伝わることはお家の面目に関わります」

秀家は腕組みをした。

「なるほど、そうかもしれぬ。しかし、徳川がわれらの動向を探る役目を命じるとすれば、名主殿よりむしろ島奉行殿だろう」

孫九郎の表情が止まった。

孫九郎と島奉行の娘、わかは最近ではかなり親密になっていた。秀家の口から島奉行という言葉が出てきたことに明らかに戸惑っていた。

「どちらにしてもよいではないか。所詮、われらは流人なのだ。監視されるのは仕方のないこと。むしろ、こんなに自由に生かされていることに感謝じゃ」

孫九郎は黙って頷き、箸をとった。


夏の嵐はすべてのものを洗い流してくれる。さわやかな青空に秋の雲が目立ち始めた頃、粟の穂が実った。雷雨で倒れたものもあったが、はじめての収穫としては満足できるものだった。

太助が竹で組んでくれたオダに粟の穂を干していく。干しあがった穂から実を丁寧にはずすと、夢にまで見たかわいい粟の実がきらきらと輝いた。

「殿様、がんばりましたな。はじめてにしては上出来です」

賞賛の言葉に、秀家は島に来てはじめての充足感に浸った。

それから毎年、魚釣りに加えて粟作りは秀家の大事な仕事となっていった。

そんなある日、秀家が海から帰ると、屋敷内でどよめきと歓声が上がっている。

「あ、殿様が帰っていらした」

登らの声に駆け寄ると土間の中から弥助が二匹の野うさぎを両手に一匹ずつ抱えて出てきた。

「おう、弥助、どうしたのじゃ」

「戯れに山に落とし穴を掘ってみたのですが、見事かかりました」

「すごいぞ、弥助。おぬしにこんな才があったとは」

「今のわしにはこんなことぐらいしか出来ませぬ」

久々に見る弥助の笑顔に秀家は心から安堵した。

「かわいそうじゃ」と泣く小平次を尻目に野うさぎは毛をむしられ、首を落とされ、逆さにされて血抜きを施された。

野菜と一緒に煮込んで食べると、久しぶりに精がついたようだった。

「弥助、また頼むぞ。次は猪《いのしし》などどうだ」

「猪を捕るには穴を掘るのも骨が折れまする」

皆、満ち足りた顔で高らかに笑った。


孫九郎が二十歳になった年、秀家は持っている着物の中でもっともこざっぱりしたものに着替え、島奉行奥山縫殿介を訪ねた。

奥山の娘、わかと孫九郎の婚礼のため、正式に挨拶をするためだった。

武家社会では政略結婚が当然だったが流人となった今は自由な恋愛で嫁取りができる。

「流人の身であるにも拘らず、奉行殿の縁戚《えんせき》となるという誠に勿体ないことでござるが、この婚儀をどうかお許し願いたい」

「とんでもないことです。流人とはいえ由緒正しい元大名家に娘を嫁がせること、わが奥山家の誇りにございます」

流人、秀家にとっては奉行家との結婚が吉と出るのか凶とでるのか定かではなかった。

孫九郎が危惧する宇喜多家への監視があるとするならば、奥山家との結びつきは最も監視されやすい立場となったわけである。

しかし、今や秀家には失うものは何もない。

長男孫九郎が幸せになることのほうが大事である。監視されようがされまいが宇喜多家の態勢に変化をもたらすわけではない。

婚礼は島を挙げて行われた。

孫九郎に寄り添ったわかは初々しく美しかった。お豪との婚礼が走馬灯のように頭をよぎる。天下一の秀吉をはじめ、利家公や多くの武将、家臣らの祝福を受けた華やかな婚礼であった。

お豪はどうしているだろうか。あの頃は、よもやこのような境遇に置かれるとは思ってもみなかった。孫九郎のこの日をどんなにかお豪は待ち望んでいたことだろう。それを思うと胸が張り裂ける思いだ。

奥山家はわかの持参金として金子拾両《きんすじゅうりょう》と島枡拾升《しますじゅっしょう》の米を贈ってきた。秀家は心の中で手を合わせた。

新婚の二人は宇喜多家の敷地内に小さな家を建て、暮らし始めた。

若い二人は仲睦まじく、孫九郎もすっかり島に馴染んだかのように見え、秀家も胸をなでおろした。孫九郎の婚礼と前後して、登らは太助と、才若は島の娘、勢とそれぞれ所帯を持った。

十三人いた屋敷は十人となったが、それでも奥山家からの米がなくなると、元と同じような食糧不足となるだろう。

「殿様、孫九郎様の婚儀のこと、お豪様にお知らせしたほうがよいかと思います。お豪様がいらっしゃったらどんなにお喜びになられることか」

阿いは涙ぐんだ。

「お豪には手紙を書いておこう」

秀家はこう言って、屋敷の外に出た。

年に二回、春と秋に島に着く御用船にお豪への手紙を託してみよう。

島に来て五年。成長した孫九郎を見たら、お豪はなんと言うだろうか。流人として生きるわれらの姿をどんなふうに思い描いているだろう。秀家は空を見上げた。この空をお豪も遠い加賀の屋敷で見ているのだろうか。

空に浮かぶ雲が静かに微笑むお豪に見えた。

島では晴れ上がった空を見上げられる日は少ない。

雨が降り続いたある日の朝、食事を終えた秀家は家の中から雨足をじっと見つめていた。

すさまじい勢いで水が溜まっていく。庭一面が海のようになる様を見て、秀家は気を揉んでいた。畑の作物もこれまでに何度も根腐れを起こしている。

ふと遠い昔に心が泳いだ。

岡山城普請の折、干潟《ひがた》だった児島湾《こじまわん》を干拓し、耕作可能にしたことを思い出す。潮を止めるために築いた宇喜多堤。あれを作ったのは宇喜多の家臣、岡家利と千原九右衛門だった。

「豊前守も九右衛門もほんとうによい家臣だった」

思わず小さく声が漏れた。

あの頃と今の環境は雲泥の差があるとはいえ、あの宇喜多堤を応用すればよい。秀家は庭に溜まっていく雨水を見つめながら考えた。

意を決して立ち上がり、土間にある蓑《みの》をかぶって雨の庭に出た。足首まで泥につかったが、その泥を掘り始めた。

「殿、何をなさってるんですか」

気づいた阿いが走り寄った。

「こんな雨の中、風邪をひかれたらどうなさるんですか」

声を聞いて小平次も顔を出した。

小平次は秀家の様子をじっと見ていたが、そのうち自分も蓑を着て秀家とともに土を掘り始めた。

全身ずぶ濡れ状態で黙々と掘り続ける。

庭先の騒ぎに離れから出てきた孫九郎に阿いは懇願した。

「孫九郎さま、お止めくださいい」

孫九郎はしばらく様子を見ていたが、蓑を着て二人の作業に加わった。

呆気にとられた阿いは道珍斎を呼びに行った。

「道珍斎様、あの三人を止めてくだされ。こんな土砂降りの中、病気になってしまわれます」

三人を見た道珍斎は笑みを浮かべ、阿いに言った。

「阿いさん、お湯を沸かしてくださいい」

阿いは急いで勝手に走った。

半時もすると誰からともなく作業を終え、お互いの泥だらけの顔を見て大声で笑い合った。

庭には三人が掘った雨水路が出来上がり、雨水が畑の外に流れ始めていた。

秀家の胸には満足感が広がっていた。

親子三人の初めての共同作業だった。宇喜多堤には遠く及ばないが、我が家の耕作もこれでやりやすくなるだろう。

冷え切った体に反して、秀家の心はぽかぽかと温まっていた。

「ほんとうに殿様、無茶をされたら困ります。もうお若くはないのですから」

阿いはことさらに渋い顔を作りながら、お湯に浸した布で三人の体を拭き、温めた焼酎を用意した。

島に流されてから七年目、秀家は四十一歳に、孫九郎は二十二歳、小平次は十六歳になっていた。

幼かった小平次が今や背丈は秀家を超え、声はいつの間にか男らしくなっている。本来であれば、すでに元服の年齢を超えているが、島で成長したせいか、性格はおおらかで、考えるより行動が先、根っからの自由人に育っていた。

この頃小平次は秀家が釣りに誘っても断ることが多くなった。小平次は釣りよりもむしろ牛飼いのほうに興味があったのだ。登らが嫁いだ太助の家に行っては牛の世話を手伝った。毎日、泥だらけの着物で帰り、阿いの悲鳴が恒例になっていた。

「小平次、釣りに行かぬか」

秀家が声をかけると珍しく小平次がついてきた。

「ずいぶん日に焼けたな。牛か」

小平次は赤銅色に焼けた顔に真っ白な歯を覗かせ頷いた。

「本来ならおまえも嫁取りを考えなければならぬ年齢なのだが」

小平次は笑った。

「おなごよりも牛がいい。父上、牛も目をかけてやると懐《なつ》くのですぞ」

「そうか。とはいっても牛を嫁にするわけにはいかぬ」

大笑いしながら潮の香を吸った。

「兄上にはまだお子はできぬのじゃろうか」

並んで釣り糸を垂れているると小平次がぽつりと言った。

二年前に結婚した孫九郎とわかの間にはまだ子宝に恵まれなかった。

「さてさて、出来たという知らせはまだ聞いてはおらぬ」

「嫁が強いと子はなかなか出来ぬという話を聞きました」

「そんなことはない」

秀家は大笑いした。

「そんなこと誰が言った」

「太助さんが、うちは嫁が強いから子が出来んと言っておりました」

太助と登らの夫婦も子供はまだだった。

秀家はおかしさをこらえて小平次を覗き込んだ。

「わかも登らもそんなに強いのか」

「登らは年中、太助さんに小言を言っているし、兄上はたまに水汲みをされておる」

「登らと太助のけんかは娯楽であろう。あれは楽しんでいるようだ。仲が良いほどけんかをするものじゃ」

「ふーん、そういうものかなあ」

「それに孫九郎が水汲みに行くのは、孫九郎のやさしさじゃ」

「へえ、そうかなあ」

小平次は首をかしげた。

「なんだ、小平次。孫九郎がやさしくないとでもいうのか」

「兄上は強いお人じゃ」

波間を見る瞳が輝いた。

「兄上は父上のことを……」

小平次はしばし言い淀んだ。

「なんだ。申してみよ」

太陽の照り返しにきらきら光る秀家の顔色を見ながら小平次は続けた。

「……私だったらこんな島に流される前に切腹しておった、と言っておられた」

「そうか……」

秀家は光の海を見つめた。

「孫九郎らしいな」

流人として生きながらえるより、孫九郎なら潔く死を選んだだろう。それが武士としては当然の選択だ。沈黙が続き、海からの風が舞い過ぎていく。

「小平次もそう思うか」

小平次は大げさに首を振った。

「いや、切腹はいやじゃ」

「どうして」

「腹を切るのは痛かろうし」

まだ幼さの抜け切らぬ言葉に、父は柔らかな眼差しを向けた。

「そうじゃなあ。腹を切るのは確かに痛かろうて」

「わしは父上に似ておるのかもしれぬ」

「さようか、小平次はわしに似ておるか。しかしな、小平次、わしは痛いのがいやで腹を切らなかったわけではないぞ」

秀家は小平次をそっと見た。

「合戦には負けたが、わしは自分が悪いことをしたとは思ってはおらぬ。秀吉公との約束を破ったのは徳川のほうなのだ。正義を貫いたほうが腹を切るのはおかしな話じゃ」

目を伏せて小平次は釣り糸の先を見つめた。

「戦に負けたら腹を切る。それが武士の掟かもしれぬ。しかしな、秀吉公が生きておわしたら、きっとこう申されたに違いない。『生きろ』とな。『たとえ生き恥をさらしても生き抜くのだ』とな」

小平次は小さくため息をついた。

「父上は真実強いお方じゃ。わしは武士でなくてよかった」

「武士よりも流人のほうがいいと申すのか」

「わしには武士は合わぬ」

秀家は小平次が愛しかった。

宇喜多の後継者であるが故に孫九郎も小平次も島に流されてしまったが、決して悪いことではなかったのかもしれない。長年胸につかえていたものが消えたように感じていた。

久々にメジナとトビウオが大漁だった。

青い空がゆっくりとみかん色に染まり始めた西の空を背に、二人は魚があふれる魚篭を運んだ。

「兄上に早くお子が出来ればいいのじゃが」

ふいに小平次が呟いた。

「どうしてかな」

「孫が出来たら父上も寂しくないじゃろう」

小平次ははにかむような笑顔を見せた。

島での暮らしが今の小平次を作った。おそらくそれが彼にとっては最良の道なのだ。

すっかりたくましくなった子の背中を父は見つめた。

家に帰ると、阿いが待っていた。

「殿、加賀のお豪さまからお手紙が届いております」

年に一、二度幕府からの御用船でお豪からの手紙が届く。

ここのところはずっと、お豪と加賀前田家を継いだ利長《としなが》が、幕府に秀家の赦免《しゃめん》を願い出ているという報告だった。赦免が叶えば懐かしいお豪に会える。世話になった前田利長にも関が原で別れたままの家臣たちにも会える。昔日《せきじつ》の豊かな暮らしも戻るだろう。

『しかし』と秀家は思う。それが真実の幸せだというのか。赦免がおりて本土に帰るということは徳川にひれ伏すことになるのではないか。武士としての意地がそれを許せるだろうか。


「殿様、畑のきゅうりが実りましたね。収穫のお手伝いをしましょうか」

数日後、いさが来た。

朝から日差しの強い夏の日だ。数日続いた雨で収穫が遅れていた。

「ああ、いさ殿、いつもかたじけない」

秀家は次兵衛、太郎右衛門を呼び、庭の畑に出た。

じりじりと焼けつくように照りつける午前中の太陽を浴びながら、きゅうりをもぎ取る。

みずみずしいきゅうりがみるみるうちに大笊に山盛りになる。

日陰に座り、四人は収穫したきゅうりをぼりぼりとかじった。きゅうりのみずみずしい香りが口いっぱいに広がり、喉の渇きを癒した。

「畑に溝を掘られたのですね。これで水はけがよくなって根腐れしませんね」

いさが手作りの雨水路を見て感心したように言った。

「岡山城にいた頃、土木工事が得意な家臣がおった。それを思い出してやってみたのじゃ」

少し離れたところできゅうりをかじっていた田口太郎右衛門が、突然、短い嗚咽をもらし、静かに泣き始めた。

「どうした、太郎右衛門」

次兵衛が驚いた。

太郎右衛門は秀家の前に行き、ひざまずいた。

「殿。私は武士に戻りとうございます。私は武士としての誇り、矜持《きょうじ》をいまだに捨てることが出来ませぬ。畑仕事をしている自分が情けないのです。そして、そんなことを思っている自分がもっと情けないのでございます」

田口太郎右衛門は、屈強な体軀をもつ足軽大将《あしがるたいしょう》だった。関が原で敗れた後、備前に逃げのびたが、秀家流罪を聞き、同行を希望したのだった。

大男が泣き崩れる姿はどこか滑稽で、秀家は太郎右衛門に愛しさを感じ、思わず微笑んだ。

「太郎右衛門、武士としての誇りは失ってはならぬ。手にするものが刀でなく鍬になっても、わしもおぬしも武士道を捨てたわけではない」

「殿、ありがとうございます」

太郎右衛門の懊悩は秀家自身の懊悩でもあった。島での日常に追われると、武士としての誇りはおろか人間としての誇りも失ったような気になることもある。もちろん大名気分ではいられないが、武士としての誇りは失いたくない。しかし、武士の誇りとはいったいなんだろう。

きゅうりを笊に乗せていいさに渡すと、いさは遠慮して断った。

「私はそんなつもりでお手伝いしたわけではないのですから」

「いさ殿がそんなつもりではないことぐらいわしにもわかっておる。だが、受け取ってくだされ。これを受け取ってもらうことが島民としてのわしの誇りじゃ」

おおらかなきれいな笑顔でいさは受け取った。

秀家はきゅうりの入った笊を抱え、いさを送りながら言った。

「いさ殿がわしが作ったきゅうりを受け取ってくれて、やっとわしは自立出来たような気がするのじゃ」

「いえ、殿様。殿様はいつも自立しておられます」

「いや、そうではない。大名だった頃、わしは自分が自立していると思い込んでいた。しかし、島に来てからわしは何も出来なかった。ほんとうに自立しているなら、どこにいても生きていく覚悟ができていなければならない。七年目にしてやっと島民として自立できたような気がするのじゃ」

秀家が立ち止まり、ソテツの根元に腰をかけると、いさもそっと傍らに腰かけた。

「殿様、私は刀を鍬に持ち替えた殿様がとても立派に見えます。鍬を持っても殿様は殿様です」

「かたじけない。いつもいさ殿には励まされる。島に来てからわしはずっと徳川の崩壊を待ち望んでおった。徳川の崩壊を告げる手紙が届くのを今か今かと待っておった。徳川への恨みを忘れないことが、わしが武士である証のように思っていた」

「それが武士の誇り――」

「いや、実のところ、わしにはもう武士としての誇りなどない。太郎右衛門が持ち続けている誇りなど消え失せた」

いさは秀家をまっすぐに見つめて言った。

「いいえ、殿様は武士の誇りを持っておられます。生きる場所を選ばない。それが殿様の武士としての誇りです」

どうしてか、いさの前では自分の正直な思いを吐露できた。いさは秀家にとって特別な存在になっていた。

数日後、島奉行奥山から、伝達があった。

江戸から代官が来島しているので、是非秀家と一席設けたいということである。

早速秀家は約束の時間に陣屋へと赴いた。

「これはこれは宇喜多殿、よくお越しくだされた」

小太りで赤ら顔の谷庄兵衛《たにしょうべえ》という代官が玄関先まで秀家を出迎えた。

奥座敷にはささやかな宴の準備ができていた。

「さあさ、宇喜多殿、まずは一献」

追従笑《ついしょうわら》いを浮かべて酒を勧める谷は、さりげなく秀家の全身を見回した。五十七万石の大名だった男が日に焼け、着古した木綿をまとった落ちぶれた姿は、彼にとって格好の酒の肴であったに違いない。

世が世であれば、絶対に会うことなどあり得ない大大名が自分の掌上《しょうじょう》にいるという事実に谷は酔っていた。

「いかがですかのう、島での暮らしは」

「流人の身分にもかかわらず、自由な暮らしをさせていただき、かたじけなく思っておりますぞ」

「風の噂によると、いろいろとご苦労されている様子、なにせお立場が大きく変わられたのですから、それも当然でしょうがのう」

媚びるような目で谷は秀家を窺う。

「ようやく島の生活にも慣れて参った。島の衆たちもなにかと助けてくれて、ほんとうにありがたいことでござる」

勧められた膳には、醬《ひしお》で煮付けた魚や野菜など、島での日常からは想像もつかないほどの馳走が並べられていた。

その昔は当然のように毎日食していた、いや、さらにもっと贅を尽くした膳であったことを秀家は思い出す。

今、刺身、焼き物、和え物、色とりどりの馳走を前に秀家はしばし、呆けたように眺めていた。

「さあさ、宇喜多殿、簡素な膳だが、召し上がってくだされ」

「かたじけない」

注がれた清酒を盃に、刺身を口に入れる。懐かしい味が喉に広がり、それは秀家を陶然とさせた。

酒は秀家に昔を思い出させた。

あの合戦に出発する前日もお豪の酌で酒を飲んだ。あの時、自分がこのような立場になることなど想像もしていなかった。当然だ。勝利の美酒に酔いしれることを確信していたからだ。

うまい酒だ、と秀家は思った。確かにうまいが、昔のような満足感はない。あの頃の酒の味はもう二度と味わうことは出来ないだろう。

「聞くところによりますと、加賀の前田家から宇喜多殿の赦免の嘆願が出されているとか。存知でありますかのう」

無遠慮な谷の言葉で秀家は我にかえった。

「存じております る」

「それは宇喜多殿の真意でございますかのう」

「いや、わしの真意ではござらぬ。わしは徳川殿によって流罪を言い渡された。そのわしが徳川殿に赦免を請うなどあり得ない話でござる」

「そうでしょうな。宇喜多殿なら徳川に赦免を請うことを考えるより、むしろ徳川討伐をお考えなのでは」

谷は冗談めかして言ったが、その目は少しも笑ってはいなかった。秀家の真意を探る目だ。

「とんでもないことを申される。今のわしに何が出来るというのか」

秀家は笑い飛ばした。

「わしはもう武士ではない。ただの流人ですぞ」

「いや、流人とはいえ、かつて五十七万石を誇る大大名であった宇喜多殿だ。私のような小役人にははかりしれないものがありましょうからのう」

谷の物言いは不愉快だった。

「それから宇喜多殿、江戸で聞いた噂によると、宇喜多殿の筆頭家老であられた明石全登殿が大坂城に入られているとか。そのこともご存知なかったでしょうかの」

宇喜多家のお家騒動のあと筆頭家老に任命した明石全登とは関が原合戦のすぐあとに別れたままだった。秀家も全登の消息を八方手を尽くして探したが、杳《よう》としてわからなかったのだ。

「全登が大坂城に。それは知りませなんだ」

秀家は押し黙った。

「そうでしょうな。この島にまでは知らせは入ってこないでしょうからのう」

谷は秀家に同情しているかのように大げさに顔をしかめた。

「まあ、ご赦免が下りないとも限りません。そのときまでどうかお達者でおいでなされ」

谷は姿勢を正し、深くおじぎした。

秀家も深く礼をしたあと、谷に言った。

「本日はこのようなおもてなしをいただき、誠にかたじけない。申し訳ないが、今ひとつ、願いたい」

谷は秀家の願い事がなんであろうかとしばし緊張した。

「お恥ずかしい話だが、このようなうまい飯を食べるのはほんとうに久しぶりだ。家にいる家族にも一口食べさせてやりたい。持って帰ることをお許し願いたい」

谷は愕然とした。

谷は秀家が目の前にある膳の上のにぎり飯を見ているのに気づいた。にぎり飯は二つあったのだが、秀家は一つしか食べていなかったので、もう一つは皿の上に残っていた。

豊臣五大老の一人だった宇喜多秀家が、食べ残しを持ち帰るなど思いもよらなかった谷は、急いで竹皮を持ってこさせ、秀家の食べ残しのにぎり飯と自分の前にあったにぎり飯を包ませた。

「かたじけない。谷殿のお気遣い、決して忘れませぬ」

何度も頭を下げて帰って行く秀家の後姿を谷はしばらく見送っていた。

「宇喜多殿、見る影なし。徳川討伐などする力はもう残っておらぬな」

谷の胸に切なさがこみ上げた。

後日、谷は宇喜多家にひそかに白米を一俵送った。

10　家康の横行

秀家が八丈島に流罪を言い渡された直接の原因はもちろん関が原合戦の敗戦によるところであったが、合戦にいたるまでには全国の武将たちによるさまざまな前哨戦が繰り広げられた。

慶長三年（一五九八）、豊臣秀吉の死後、徳川家康の台頭が目立つようになる。

慶長四年（一五九九）三月、家康と互角の力を誇っていた大老、前田利家が亡くなると、加藤清正、福島正則、黒田長政、細川忠興《ほそかわただおき》、浅野幸長、池田輝政《いけだてるまさ》、加藤嘉明《かとうよしあき》の七将が、石田三成の大坂屋敷を襲撃した。三成は佐竹義宣に助けられ、大坂から脱出し、伏見城に逃れた。

ここで家康は仲裁に乗り出し、双方は和解、三成は五奉行から退隠し、佐和山城《さわやまじょう》に帰城した。

これによって家康の専横はますます激しくなり、豊臣政権で禁止されていた無断婚姻や所領配分なども実施するようになっていった。

慶長五年（一六〇〇）正月、秀家は石田三成と年賀の挨拶を交わした。

「最近、家康殿が秀吉公の遺言に逆らって盛んに大名間での縁組を進めているが」

三成は挨拶もそこそこに本題に入った。

「聞いてござります。家康殿は北政所さまにも近づき、秀秋殿も手なずけている様子でございます」

小早川秀秋は北政所の甥にあたり、義理の叔父である秀吉の養子であった。秀吉の命により小早川隆景と養子縁組をし、小早川姓を名乗った。幼い頃から秀家と秀秋は兄弟同然で育てられたが、秀家は人のよい秀秋が家康に騙されているのではないかと心配が絶えなかった。

「豊臣家が二つに分かれてしまうのは秀頼殿のためにもよいことではございませぬ。家康殿に自重してもらわねば、このままでは戦にもなりかねませぬ」

「そうじゃな。ここいらで豊臣家の大掃除というところでござるな」

三成ははじめからそのつもりだったようだ。

秀家は急いで国元へ帰った。いつ起こるかわからない戦に向けて軍備を整えるためであった。

帰城するや秀家はお豪に言った。

「秀頼殿をお守りいたす大名たちは数少なくなるばかりじゃ。事が起こったときには秀頼殿の身辺を固めなければならない」

「殿は秀頼様と義兄弟ですもの、お味方するのは当たり前です」

お豪も応じた。

「近いうちに戦支度をしなければならぬ」

戦となると、戸川達安ら重臣たちが去ったことが相当な痛手になるだろう、と秀家は案じた。

同年三月、会津の上杉景勝が不穏な動きをしているという噂が家康の耳に届いた。家康は上杉討伐に本腰を入れることになった。

これを聞いた前田玄以、長束正家、増田長盛の三奉行は討伐を中止するよう訴えたが、家康は聞き入れなかった。家康は豊臣秀頼に取り入り、金子二万両、兵糧米《ひょうろうまい》二万石を下賜された。このため家康の上杉討伐は、豊臣家の中心である徳川家康が謀反を起こした上杉景勝を討つ義戦であると認められた形になった。

同年六月十六日、家康は大坂城から五万五千の兵を挙げ、上杉征伐に向けて進軍を開始した。一方、石田三成は家康の留守中を狙って挙兵した。

しかし、家康は天下取りを果たすため、反対派一掃をはかり、わざと上杉討伐を起こしたとも言われている。それが真実であれば、三成は家康の罠にはまったということになる。

七月一日、秀家は豊国神社《とよくにじんじゃ》で出陣式を行った。これに北政所は側近の東殿局《ひがしどののつぼね》を代参させた。

七月十二日、佐和山城で三成は大谷吉継、増田長盛、安国寺恵瓊《あんこくじえけい》と会談、毛利輝元を総大将に、秀家を副大将に就任要請することを決定した。豊臣秀頼は毛利輝元の庇護下に置かれた。

毛利輝元が大坂に到着すると、秀家たちは秀頼への忠誠と家康の武力討伐を訴える檄文を全国諸将に発した。

檄文に呼応して集まった兵はおよそ九万五千人だった。

七月初旬、秀家は一万七千の軍を率いて岡山を出発した。

七月十八日、秀家を総大将、小早川秀秋を副大将とする総勢四万人の軍で家康の重臣、鳥居元《とりいもと》忠《ただ》が守る伏見城を攻撃。

八月一日、伏見城は落城し、元忠は戦死した。

家康がこの報を聞いたのは下野国《しもつけのくに》・小山《おやま》であった。家康は上杉討伐に従軍していた諸大名を集め、『秀頼公に害をなす奸臣《かんしん》、石田三成を討つため反転する』と告げた。

これに対し、福島正則ら大半の大名が家康の味方につき、ここに東軍が結成された。

八月中旬、福島正則の尾張清洲城《おわりきよすじょう》付近に東軍五万人が集結した。

この中に宇喜多家元仕置家老、戸川達安がいた。達安は現仕置家老の明石全登に書状を送った。

『私は家康殿に属し、尾張国清洲に着陣した。今度の合戦は東軍が勝ち、秀家は滅びるであろう。宇喜多家が破滅するのは本意ではないが、秀家が統治する限り、宇喜多家は存続はしない。当方では秀家の子、孫九郎秀隆を家康の婿として家門を存続させるとの動きがある。私はあなたには悪意を抱いていないので、よく分別してほしい。秀家に追放された私たちは皆、東軍に加わった。宇喜多左京亮詮家は坂崎出羽守直盛《さかざきでわのかみなおもり》と名を変えてすでに着陣をすませている。岡、花房もまもなく到着する見込みである。私は母と子女を大坂へ残し、家康殿のために死ぬ覚悟である』

明石全登はこれを読んで、宇喜多家騒動の裏には家康の陰謀があったことを悟った。

明石全登は戸川達安に返事を送った。

『当方では、このたびの闘いには秀家様が勝つと考えている。宇喜多家中の外聞が悪くなったのはあなた方の覚悟が行き届かなかったためである。お聞き及びかもしれないが、上方で名の聞こえた侍たちを大勢召抱えたので、お気遣いいただかなくてもよろしい。家康のために死ぬとの覚悟は立派である。あなたの妻子は大和郡山におられるので、ご安心ください』

福島正則ら東軍の諸大名は美濃《みの》へとなだれ込んだ。織田秀信《おだひでのぶ》が城主の岐阜城《ぎふじょう》を陥落させ、東軍はさらに苗木城《なえきじょう》、明智城《あけちじょう》、福束城《ふくづかじょう》、高須城《たかすじょう》など西軍の拠点をつぎつぎに陥落させ、東軍優勢となりつつあった。

岐阜城が落ちたのを知ると家康は九月一日、三万三千の兵を率いて出陣し、東海道を大坂方面へと西上した。

東軍の団結に比べ、西軍は徐々にその結束力が弱まりつつあった。

京極高次《きょうごくたかつぐ》が戦線を離脱、大津城《おおつじょう》に籠城して東軍への加担を示した。また、西軍の首脳であったはずの前田玄以が大坂城を退去した。

この玄以も実は家康と内通していたといわれている。

そして小早川秀秋がそれまで陣を敷いていた伊藤盛正《いとうもりまさ》を追い返すような形で松尾山《まつおやま》に陣を構えた。秀秋は伏見城の戦以降、病を理由に出陣を拒んでいた。このため西軍首脳は秀秋に不審の念を抱いていた。秀秋は文禄《ぶんろく》・慶長《けいちょう》の役《えき》で三成の報告が元で減封《げんぽう》されたことがあり、三成を恨んでいた。当初から東軍への参戦を考えていたが、伏見攻めから成り行きで西軍についたという経緯があった。

一万五千の大軍を擁する小早川秀秋を東軍、西軍どちらも引き入れたかった。

九月十五日、両軍は中山道《なかせんどう》、北国街道《ほっこくかいどう》、伊勢街道《いせかいどう》が交差する要衝《ようしょう》、関《せき》が原《はら》に集結し、決戦の火蓋が切られようとしていた。

11　生まれいずる声

谷はいったい何を聞き出そうとしていたのだろうか。

代官、谷庄兵衛との宴会から帰った秀家は、家人に土産のにぎり飯を渡しながら、谷との会話を思い返していた。

秀家の徳川討伐の計画を谷はほんとうに疑っていたのだろうか。この島にいる限り、徳川討伐など考えられるわけがないことは誰もが承知しているはずだ。だが、秀家が徳川幕府の崩壊を待ちかねていたのは事実だ。

ふと秀家は、数日前のいさとの会話を思い出した。いさに、徳川崩壊を待ち望んでいることを話した。その話が漏れたということがあるだろうか。以前、名主の菊池左内に島枡一升の米を借用したとき、孫九郎が心配したように、いさから左内に話が漏れ、それが谷のもとに伝わっているということがないだろうか。そもそもいさが親しくしてくることに何か目的があったのだろうか。

それとも弥助か。半三郎は弥助が徳川の密偵ではないかと疑っていた。宇喜多の一行に加わり、内情を逐一徳川方に報告していたのだろうか。

しかし、そんなことはもうどうでもよい。

自分はもう武士ではない。島に生きる一人の人間なのだ。明日からまた、生きていくための闘争が始まる。

生きていくために食すのか、食すために生きるのか、と昔よくお豪と冗談を言い合った。

でも、今ならその答えがわかる。人間は生きるために食べなければならないのだ。

どこにあろうと、生涯勝ち抜くためにも食することは不可欠である。

しかし、相変わらず島で食糧を確保することはかなり困難な課題である。大雨が降ると畑の作物は根腐れ、日照りが続くと枯れ果てる。米ができないのもこの気候が原因だった。

代官の谷から贈られた白米一俵も瞬く間に底をついた。

道珍斎は秀家に申し出た。

「前田家に援助の要請の手紙を書かせてください」

そもそも金沢城下で町医者として診療を行っていた道珍斎が秀家に同行した経緯は、前田家からの懇願によるものだった。

前田家には京都から招いた由緒ある医師団がいたが、医師の誰もが八丈島同行を渋った。

そこで城下で腕利きといわれた道珍斎に声がかかったのだ。

「宇喜多の付き添い医師を勤め上げた暁には前田家のお抱え医師とする」

その約束で道珍斎の八丈島行きが決まった。

前田家には道珍斎に対して恩義がある。道珍斎からの要請とあれば前田家も動かざるを得ないだろう。

しかし、幕府御用船《ばくふごようせん》が届けてくれるお豪からの手紙によると、物資を送ろうとあらゆる手立てを講じたがなかなか幕府の許可が下りないということだ。

道珍斎の手紙がどのくらい功を奏するかわからないが、秀家は道珍斎の申し出を受け入れた。

慶長十九年（一六一四）、ついに最初の物資が届いた。

幕府がこの『見届品《みとどけひん》』という特別の計らいを許した経緯は道珍斎の手紙によるところだけではなかった。

見届品が許可される契機を作った立役者は阿いの長男の沢橋兵太夫《さわはしへいだゆう》だった。

母親の八丈島同行によって、お豪のもとに預けられた兵太夫は、成長してから加賀藩の藩士になった。しかし、母への思慕はやまず、幕府に何回も八丈島渡島願書《はちじょうじまとうねがいしょ》を提出している。

幕府は罪人でもない者を八丈島に行かせるわけにもいかず、兵太夫の願いはことごとく却下された。思いあまった兵太夫は将軍秀忠の行列の中に飛び込み、直訴をしたこともあった。直訴をすると本来、手打ちになるところだが、彼の親を思う気持ちは汲み取られ、許された。兵太夫はそれでも諦めきれず、幕府の御用船の積荷の中に忍び込んだこともあったらしいが、船員に見つかり、失敗に終わっている。

そんな兵太夫の思いもあってか八丈島へ隔年、見届品を運送することに幕府は許可したのだった。

流島以来八年、初めての見届品に秀家たちは歓喜した。

「飯を炊け。炊けるだけ炊くのだ」

阿いと手伝いに来た登ら、お勢、わか、いさたちの手によって何度もかまどで飯が炊かれた。

島でめったに食べられない炊きたての白い飯が島民たちにふるまわれた。箸と椀を持参してその場で食べていく者、にぎり飯にしてもらって家に持ち帰る者、秀家の屋敷は島民たちであふれた。白い飯のあまりのおいしさに泣き出す者もあり、秀家を拝んで帰る老女もいた。

島民たちのささやかな宴は終日続いた。

「殿様、ほんとうにありがとうございます。殿様のおかげで島が救われました」

片づけを終えたいさが秀家に深く頭を下げた。

「いや、島の人たちへのせめてもの恩返しにと思うてな」

秀家は久しく味わったことのなかった充足感に浸った。

「殿様」

ためらいがちないさの声がした。

「私は殿様のようなお方がどうして罪人としてこの島に流されたのかわからないのです」

いさは秀家をまっすぐに見て答えを待った。

「戦に負けたからじゃ」

「戦に負けたら罪人になるのでございますか。どちらが勝ったとしても」

「そうじゃ」

秀家はいつになく厳しい顔をした。

「豊臣五大老としての約束を反故にしたのは徳川じゃ。われらは秀吉公との約束通り、秀頼殿をお守りするために戦った。だが負けた。負けた理由についてはいろいろあるが、とにかく負けは負けじゃ。敗れたものは罪人となる。悔しいことだが、これが武士の世界というものなのじゃ」

話しながら秀家は拳を握り締めた。見開いた目は一点を凝視し続けた。

「余計なことを聞いて申しわけございませんでした。私は武家に生まれなくてよかったと思います」

「いさ殿」

帰ろうとするいさの背に声をかけた。

いさが振り向くと、秀家はばつの悪そうな顔をした。

「つい猛々しくなってしまった。申し訳ない」

いさはいつものような柔らかな笑顔に戻った。

「いいえ、私のほうこそおかしなことを聞いてしまいました」

「いさ殿、もう一つわしはそなたに謝らなければいけないことがある」

「なんのことでしょう」

「実はわしは一度だけいさ殿を疑ったことがある。いさ殿がどうしてわしに親しく接してくれるのか、なにか目的があるのではないかと疑ったのじゃ」

思い返せば武士の思想とは他人を疑うことであった。いつやられるか、いつ裏切られるかの武士社会では緊張と疑念の毎日だった。

しかし、流人になってからはいつも周りの人間に助けられてきた。島の人々の助けがなければ、生きていくことさえ難しかっただろう。秀家は流人になって初めて人を信じられるようになっていることに気づいたのだ。

いさは少しも表情を変えず、微笑んだままだった。

「殿様、それでは私からもお聞きしていいですか。殿様はなぜ、私のような者と親しくしてくださるのですか」

「それは――」

秀家は答えに詰まった。

いさは楽しんでいるかのように秀家をまっすぐ見返してくる。

「いさ殿はむずかしいおなごじゃ」

「それなら引き分けですね。理由などはじめからないのですから」

「そうか。引き分けじゃな」

二人は目を合わせて笑い合った。

家の中から二人の様子を道珍斎が穏やかに見つめていた。

その夜のことだ。

「殿、お話がございます」

珍しく神妙な顔で道珍斎が秀家の寝間に来た。

「どうした、道珍斎」

「今日は前田家からの見届品、ほんとうにおめでとう存じました」

「ありがたいことじゃ。こんなに幸せな流人がいていいものか」

「殿といさ殿、とてもお似合いでございます。いずれいさ殿を屋敷に迎えられたらいかがでございますか」

「何を言うか、道珍斎。わしといさ殿はそういう関係ではない」

秀家の目は微かに泳いだ。

「道珍斎、わざわざ夜半にそんな話をしに来たのか」

道珍斎はしばし押し黙った。そして、静かに床に手をついた。

「殿、道珍斎、いとまを頂戴したく存じます」

「なに、いとまを」

「前田家から帰って来てよいというお許しを頂きました。見届品もこれから隔年で届けられるようですし、新しい所帯も増えて、島民との交流もますます密になってくることでございましょう。私がいとまを申し上げるのは今しかないと存じます」

秀家は黙って道珍斎の話を聞いていた。

「殿、どうかお許しを」

道珍斎は手をつき、さらに頭を下げた。

「ならぬ」

秀家の目が光った。

「どうしてでございますか。これは私と前田の殿様との約束なのでございます」

道珍斎は言った。

「悲しいぞ、道珍斎。そなたが島で暮らした理由は前田の殿様と約束をしたから。それだけだったのか」

「いいえ、殿様。私の心の中は殿様と同じでございます――しかし、お豪様から帰ってくるようにとのことなのです。お豪様は今、殿様のご赦免について幕府に掛け合っておられる最中なのでございます。私も帰ってお豪様に同行するつもりです」

秀家は眉をひそめた。

「わしの赦免などどうでもよいのだ」

「殿様、それはどうして」

「わしにもまだ武士としての意地がある。許しを請うて赦免になるなど我慢ならないのだ」

道珍斎は顔を上げて秀家を見た。秀家は意外に穏やかな顔をしていた。

「わしの赦免を願い、動いてくれているお豪には誠にすまない。しかし、わしにはこの島でまだやらなければならないことが残っているように思うのだ。道珍斎、それはそなたも同じだ。違うか」

「それは……」

「島の病人たちをどうするつもりなのだ。みんなそなたを心から頼りにしておるぞ」

道珍斎は頭を垂れた。

「しかし道珍斎、わしとそなたには主従関係はない。わしにいとまを請う必要はないのじゃ。そなたが帰りたければ帰ればよいのじゃ」

秀家は抑えた声で語っていたが、その気持ちの高ぶりは道珍斎にも伝わってきた。

「殿――」

「今日はもう遅い。話の続きは明日にしようぞ」

高床の下から虫の啼き声が聞こえる。

秀家と道珍斎の話し声は途切れた。

話の続きはその後、秀家はもちろん、道珍斎からも切り出される気配はなかった。

道珍斎は何事もなかったかのように、診療所で島民を迎えた。

しかし、この夜の密かな話し合いは当分の間、二人の関係を微妙なものに変化させていた。二人の関係が修復するのは、皮肉にも本土から送られてきた悲しい知らせによってだった。

幕府御用船によってお豪の手紙が送られてきた。

「殿様、お豪さまからお手紙です。とても長いお手紙のようです」

釣りから帰ると阿いが秀家に声をかけた。

手紙を一読した秀家は、阿いと道珍斎を呼んだ。

「前田の利長殿が亡くなった」

阿いと道珍斎はしばし言葉を失った。

「利長殿が」

「長く患っていたような話は聞いておらぬが」

「お豪様、どんなにお力を落とされているか」

阿いは袂で涙を抑えた。

前田利長は、父の利家亡き後、その跡を継ぎ、五大老となり秀家と肩を並べた。関が原合戦の折には家康の謀略によって東軍に与《くみ》せざるを得ない事態となったが、秀家の減刑を徳川に掛け合ったり、お豪の身元を引き受けたりと、秀家にとっては大恩ある人物であった。

お豪は淡々とその事実を手紙にしたためていたが、その心中はいかばかりかと秀家も心を痛めた。

「それから阿い、兵太夫のことが書かれておるぞ」

見届品が許された経緯は阿いの息子、兵太夫の働きによるところが大きいということを秀家たちはこの手紙ではじめて知ったのだった。

阿いはこらえきれずに大粒の涙を流し、泣き続けた。

「阿い、国へ帰るか」

秀家は阿いを覗き込んだ。

「いいえ、帰りませぬ」

阿いはきっぱりと言い切った。

「兵太夫はそなたに会うために御用船の積荷の中にまで忍び込んだそうだ。兵太夫が可愛くはないのか」

とうとう阿いの嗚咽がもれた。

秀家と道珍斎はそんな阿いをしばらく見守った。阿いは涙を拭きながら顔を上げた。

「私は、殿様についてくると決めたとき、兵太夫に申しました。もう親でも子でもないと。私は最後まで殿様と小平次様をお守りすると決めたのでございます」

その目には女ながら強い決意が見て取れた。

「阿い、かたじけない」

秀家は手をついた。

「殿様、おやめください。そのようなことは。私にとって殿様は殿様です。どこにおられようが」

秀家は心の中で跪き、阿いに手を合わせた。

「さあ、私は夕餉の仕度がありますので、これで」

阿いは秀家に深々とおじぎをして立ち上がった。

秀家と道珍斎はしばらく動かなかった。

「殿、先日私が申し上げたこと、どうかお忘れください。私も最後まで殿のおそばにいさせていただきまする」

秀家はふっと口元をほころばせ、道珍斎の手を取った。

「そなたと約束を交わした利長殿が亡くなったとなれば、約束も反故同然になるかもしれないからな」

「殿、そのような意地の悪いことを。秀家様らしくありませぬ」

顔を見合わせた二人の間になごやかな安堵の空気が流れ、笑い声が漏れた。あの夜以来のわだかまりが消えていく。

「これ、大きな声で笑うでない。不届きじゃ。利長殿の御霊を遠い八丈の島から祈ろうぞ」

秀家と道珍斎は庭に出て遠い海の向こうの加賀に向かって祈りをささげた。庭に咲いているスイカズラの花の香りが二人をそっと包んだ。

記録によると、このときの御用船には秀家の旧臣、花房志摩守正成からの助成米も積まれていた。五斗入り一俵の米が秀家と孫九郎、小平次のもとへ届けられた。

正成は宇喜多家を去ったのち、大和郡山に蟄居を言い渡されたが、関が原合戦の折、東軍に従軍した。東軍勝利で、家康から備中猿懸《びっちゅうさるがけ》五千万石を拝領した。宇喜多家老の中でも特に情け深く、秀家流罪を聞き、かつての主君の身の上を心から案じていた。

正成も独自に助成米送付の許可を幕府に申し立てていたが、晴れて許しを得たのだった。

秀家はこの正成からの物資をことのほか喜んだ。お家騒動のときはいろいろあったが、花房家は父、直家のときからの忠臣である。

懐かしさが胸に広がっていく。

秀家は孫九郎、小平次と連名で正成に丁寧な礼状を書いた。

思えば秀家は、お家騒動以来、追放した家臣たちの動向など少しも気にとめていなかった。とても薄情な主人である。それなのに、正成はいつまでもできそこないの主人を気にかけてくれている。人間の価値は官位や禄高ではない。秀家は改めて強く思った。当分これでやっていけそうな気がする。物質面ももちろんだが、正成の援助によって秀家の心は温かくなった。

嬉しいことは続いた。

孫九郎の嫁のわかが懐妊したのだ。

これには宇喜多家、奥山家はもちろん、島の誰もが喜んだ。

六月の雨の日、ついにわかが産気づいた。

宇喜多の屋敷の一室を産屋《うぶや》にしつらえ、市若が雨の中、島でただ一人の産婆を呼びに走った。

産婆のとめ婆はかなり高齢だが島の出産を一手に引き受けていた。市若に負ぶわれてやってくるとお産はすぐに始まった。

天井から吊るした力綱を握って、わかは力いっぱいいきんだ。

日暮れも近い頃、産屋から元気な産声《うぶごえ》が聞こえてきた。

次の間で待っていた男たちはどよめいた。

「あの声は男じゃのう。元気な声じゃ」

想像通り、赤子は男の子だった。

母子ともに健康で一同は胸をなでおろした。

道珍斎が急いでわかに飲ませる産後の煎じ薬を作り始める。

秀家は生まれた子に太郎と名づけた。

「父上、わしも赤ん坊のとき、あのように泣いたんじゃろうか」

小平次が聞いた。

「そうじゃ。小平次も元気な声で泣きおった」

小平次はうれしそうに目を細めた。

しかし、ほんとうのところは小平次が生まれた頃、秀家は朝鮮征伐に出ていたのだ。小平次の産声など聞けるわけもなかったし、その頃秀家は明け暮れる戦だけがすべてだった。

もし、いまだに武将であったなら自分は赤子の声を一生聞くことができなかったかもしれない。

そして、きっと赤子の産声を聞きたいとも思わなかっただろう。

秀家は太郎の成長をできるだけこの目で見届けたかった。

それが可能な今の状況に秀家は感謝した。

12　最後の合戦

秀家はそれまで戦に敗れたことがなかった。

大将としての采配が優れていたのか、それとも単に運がよかったのかは定かではない。

慶長五年（一六〇〇）九月十五日早朝、秀家は一万七千の兵を率いて、天満山《てんまやま》に陣取った。

世にいう関が原の戦いの朝である。

昨夜から降っていた雨がやみかけて、雲の切れ目から明るい光が差し込んできた。

西軍側、石田三成は笹尾山《ささおやま》、小早川秀秋は松尾山《まつおやま》、毛利秀元は南宮山《なんぐうさん》に陣を敷き、四方から東軍を囲んだ。三成の本陣の横に島津義弘、小西行長、秀家の横には大谷吉継、脇坂安治《わきざかやすはる》。南宮山の秀元の横には吉川広家《きっかわひろいえ》、安国寺恵瓊、長宗我部盛親、長束正家が布陣した。

東軍の先鋒は福島正則で、宇喜多隊に対峙した。福島隊の後ろには筒井定次《つついさだつぐ》、田中吉政《たなかよしまさ》、藤堂高虎《とうどうたかとら》、京極高知《きょうごくたかとも》が控えていた。

三成がいる笹尾山に対峙したのが細川忠興、黒田長政、加藤嘉明、竹中重門《たけなかしげかど》。その中間に井伊直政《いいなおまさ》、本多忠勝《ほんだただかつ》、家康の四男、松平忠吉《まつだいらただよし》。

そしてその後ろ、桃配山《ももくばりやま》に家康が本陣を敷いた。

この布陣だと家康は身動きが取れないだろうと秀家は思った。なぜなら西軍は東軍をぐるりと包み込むように囲んでいて、東軍の逃げ道を完全にふさいでいたからだ。

濃い霧の中、両軍の睨み合いが続いた。

秀家は待った。三成の合図をきっかけに攻撃開始、それと同時に吉川広家、安国寺恵瓊、長束正家、長宗我部盛親らが背後から家康の本陣を襲う予定となっている。前後から攻められて東軍が浮き足立ったところを、小早川秀秋、毛利秀元が山を駆け下りれば、一瞬にして家康軍は壊滅してしまうだろう。

霧がやや晴れてきた。

東軍の福島隊の横を井伊直政と松平忠吉の小隊が通り抜けて前に出た。

「先鋒はわれらだ。抜け駆けは許さん」

福島隊の可児才蔵《かにさいぞう》が叫んだが、直政と忠吉は前方に張り出し、そのまま宇喜多隊に発砲した。

秀家も直ちに応戦を開始すると、直政に出し抜かれて激怒した福島隊が宇喜多隊に突撃して来た。

これを機に関が原合戦が開戦となった。

秀家と福島隊はすさまじい激突を繰り広げた。宇喜多隊の先陣は明石全登、対する福島隊の先陣は可児才蔵であった。

宇喜多隊は鉄砲隊千人を二段に配して福島隊に銃弾を浴びせかけ、明石全登率いる槍部隊が福島隊を圧倒した。

大谷隊は藤堂隊・京極隊と戦い、小西隊は田中隊を攻撃、石田隊は黒田隊・細川隊・加藤隊を攻めた。しかし、この時点で実際に戦闘しているのは宇喜多秀家、大谷吉継、小西行長、石田三成のみ合計で三万二千ほど。東軍の半数にも満たない。それでも西軍は善戦し、戦場の主導権を握っていた。

宇喜多隊と福島隊は一進一退の死闘を繰り広げていた。宇喜多隊は明石全登、本田《ほんだ》正重《まさしげ》、長船《おさふね》定行《さだゆき》、浮田《うきた》太郎左衛門《たろうざえもん》、延原《のぶはら》土佐《とさ》の五段に分かれ、次々と突撃した。

秀家は銃弾が飛び交う戦場のど真ん中で仁王立ちになり、大声で叫んだ。

「押せ、押せ、総攻めじゃ。貝を吹け」

福島正則も血相を変え、怒号を上げる。

「退く者は斬り捨てる。押せ、押せ」

両軍は交互に前進と後退を繰り返した。

東軍と西軍のせめぎ合いは続いた。ここまできても西軍の残りの隊はただ静かに見守っているだけだった。

三成は隣に布陣している島津軍に援助を求めるため、家臣の八十島助左衛門《やそじますけざえもん》を島津義弘のもとへ遣わした。ところが八十島が馬から降りずに三成の指令を伝えたため、島津の武将たちは「無礼である」と激怒して追い返し、そのまま戦う気配を見せなかった。

三成はまだ合戦に参加していない毛利、吉川、長宗我部、小早川に戦いに加わるよう狼煙《のろし》をあげた。

毛利秀元の補佐についていた吉川広家は、この戦いが西軍の敗北になることを予想していた。広家は以前から密かに敵である徳川家康の重臣榊原康政、本多忠勝らと単独停戦の交渉を進めていたのだ。

毛利秀元は狼煙を合図に南宮山を降りて徳川家康のいる本陣の背後から攻撃をかけるつもりでいた。が、前にいた吉川広家が立ちふさがったのだ。広家は今回参戦しない代わりに毛利の所領を安泰にしてくれるよう誓約書を取り交わしていたからだ。

このため、安国寺隊、長宗我部隊、長束隊も兵を動かすことができなくなった。

禅僧である安国寺恵瓊に前進を促されたときに広家は、「坊主に戦の何がわかる」と突っぱねた。また、長宗我部盛親の出陣要請には、「今、兵たちに弁当を食べさせている」と答えたという。

三成は焦った。こうなったら松尾山に陣取る小早川秀秋を頼るしかない。三成は小早川隊に向けて再び狼煙を打ち上げた。

秀秋は三成と狼煙を合図に総攻撃の約束をしていた。三成は秀秋に、合戦勝利後には豊臣秀頼が十五歳になるまで関白を就任させるという密約をしていた。だが、その一方で秀秋は家康からの好条件も提示されていた。もし、西軍を裏切り東軍に寝返ったら二カ国を与えるというものだった。

秀秋は迷っていた。松尾山から秀秋は動くことなく戦況を見守っていた。

西軍の武将たちは秀秋に疑念を抱き始めていた。秀秋の謀反の可能性は以前から噂されていた。しかし秀家は自分自身に「あり得ないことだ」と言い聞かせていた。それは秀秋も自分と同じ太閤の養子であったからだ。

家康も秀秋が動かないことに苛々していた。業を煮やした家康は秀秋がいる松尾山に威嚇射撃をした。気の弱い秀秋がこれにおびえて約束通り寝返るか、それとも恐怖心に我を忘れ東軍に襲い掛かってくるか、家康にとって大きな賭けだった。

正午過ぎ、秀秋がついに動いた。

「目指すは大谷の陣、われに続け」

ここに小早川隊一万五千は東軍に寝返ったのだ。

大谷吉継は秀秋の裏切りを予想していた。

小早川隊が襲い掛かってくるときのために自分の指揮下にある脇坂安治、赤座直保《あかざなおやす》、小川祐忠《おがわすけただ》、朽木元綱《くつきもとつな》の四隊を温存させていたのだ。そしてこの迎撃によって小早川勢を後退させた。

しかし、ここで吉継が予想もしなかった第二の裏切りが起こった。よりにもよって脇坂、赤座、小川、朽木の四隊が大谷隊の側面から攻撃してきたのだ。

ついに大谷隊は壊滅状態となった。

吉継の家臣、湯浅五助《ゆあさごすけ》が吉継の元に来て言った。

「仲間の裏切りによってわが隊は壊滅状態でございます。半分以上の兵がやられました。もはや戦いの続行は不可能でございます」

吉継は無念さに顔が歪みながらも静かに言った。

「そうか。もはやこれまでか。皆に逃げるように申し渡せ。そしてそなたに願いがある。わしはここで自刃して果てる。だが、わしのこの醜い顔を晒《さら》されるのは耐えられぬ恥辱じゃ。わしの首を人目につかぬところに埋めてほしいのじゃ」

吉継は長い間癩病を患っており、崩れた顔を白い頭巾で隠していた。

吉継は小早川隊に向かい、

「人面獣心《じんめんじゅうしん》なり。三年の間に祟りをなさん」

と言い残し切腹した。

自刃した吉継の首は、湯浅五助によって関が原に埋められ、東軍側に発見されることはなかった。

吉継の敗北は戦場の空気を一変させ、西軍に動揺と混乱を招いた。西軍の敗色は濃厚になっていった。西軍の兵の中には東軍に属している一族や縁者を頼りに、寝返る者も出てきていた。

そして、大谷隊に続いて小西隊もあっけなく壊滅し、小西行長は伊吹山《いぶきやま》に逃走した。

秀家はそれでも自らを鼓舞し、激闘を繰り広げていたが、秀秋らの裏切りを見て烈火のごとく怒った。

「秀秋と刺し違えてくれよう」

その秀家を必死に止めたのが明石全登だった。

「殿は副大将です。軽々しい行動はお慎みください」

「秀秋の裏切りは許せぬ。秀元も約束を果たさず傍観しておる。こうなったらわしは死をもって太閤様の恩に報いるまでだ。ここへ馬を引け」

「たとえ他の諸将がどうでありましょうと殿は一人屈せずして秀頼公をお守りなさるべきでございます。もしそれも叶わないなら岡山城にたてこもり討死なさっても遅くはございませぬ」

秀家は苦渋に満ちた顔でしばし考え、やがて全登の言う通りに退却を決意し、小西行長のあとを追うように伊吹山中に逃れた。

全登はその後しばらくの間、残る兵とともに戦っていたが、やがてその姿は戦場から消えていった。

石田隊は最後まで果敢に戦っていた。

しかし、小西隊、宇喜多隊の敗走を見て逃走を始める兵たちが出始めた。

「殿、お逃げくださいい。殿さえ生きていれば再興の道もありましょう。私が敵をひきつけます。その間に早く」

三成の家臣、蒲生郷舎《がもうさといえ》が叫んだ。

三成は蒲生に手を合わせ、涙を飲んで伊吹山へ逃走した。そして蒲生は壮絶な死を遂げたのだった。

未の刻（午後二時）を過ぎていた。

今まで傍観していた島津隊は石田隊の敗走によって戦場の真ん中に取り残された。東軍の矛先はいまや島津隊だけだ。ぐるりと東軍八万の兵に囲まれ、背後は伊吹山である。

島津隊は千五百の兵が三百に減っていた。

島津義弘は覚悟を決めて切腹しようとしたが、甥の島津豊久《しまづとよひさ》の説得で翻意、前代未聞の敵中突破退却を試みる。

島津隊は一斉に鉄砲を放ち、まずは東軍の前衛、福島隊を突破する。福島正則はこのとき、あえて反撃をしなかった。

「もはや東軍の勝利は間違いない。これ以上兵たちを消耗させるのは愚かだ」

正則は無理な追走を家臣に禁じたという。

次に島津隊は井伊隊と本多隊を抜ける。

この二つの隊は執拗に島津隊を追撃した。

「島津を仕留めなければ徳川の名がすたる」

しんがりをつとめた島津豊久はこのとき討死した。井伊直政と松平忠吉も狙撃を受け負傷、本多忠勝も乗っていた馬が撃たれ落馬した。

島津隊はとうとう敵中を通り抜け、正面の伊勢街道から逃げ延びた。

南宮山の長束、安国寺、長宗我部らもそれぞれ伊勢に逃げおち、夕刻前には西軍はすべて関が原から姿を消した。

東軍西軍合わせて六千に及ぶ屍が転がる関が原の地に再び雨が降り始めた。

天下分け目の戦い、関が原合戦は約六時間で決着となった。

逃亡していた西軍の諸将は、まず九月十九日に小西行長、続いて二十一日に石田三成、二十三日に安国寺恵瓊が逮捕され、京都引き回しの上、処刑された。

長束正家は三十日、居城である水口城で自刃した。

そんな成り行きも知らず、秀家は伊吹山中を彷徨っていた。

13　武士との訣別

久しぶりに戦の夢を見た。

島に来た当時はこの手の夢をよく見たものだが、ここ数年は見ることもなくなり、秀家は自分が武士であった記憶も薄れかけていた。

『国でなにかあったのだろうか』

ふと不安な気持ちがよぎった。だが、今日はめでたい日である。

慶長二十年（一六一五）、九年目の春だった。その日は道珍斎が島の娘、なみと祝言を挙げる日であった。

なみはいさやわかと同じ、黄八丈を織る仕事を許された娘で、父親は労咳で長く患っていた。母親を早くに亡くしたなみは懸命に父親を看病していた。

道珍斎は三日おきになみの父親を往診していた。日頃からなみの献身的な看病に道珍斎は感心していたが、父親の病状はよくならず、衰弱の度は増していった。

ある日、なみは道珍斎に言った。

「先生、労咳に朝鮮人参《ちょうせんにんじん》が効くと聞いたんですが本当ですか」

その頃、江戸では労咳の特効薬として朝鮮人参がよいと謳われていた。

「確かにそう言われているが……」

道珍斎は質問に答えてから、ふと訝《いぶか》しげになみの顔を見た。朝鮮人参のことなど誰に聞いたのだろう。おそらく御用船の水手からの情報だろうと道珍斎は推測した。

「朝鮮人参は滋養強壮によいというから労咳で弱った体を回復させるためには確かによいかもしれぬ。しかし、朝鮮人参が直接効くかどうかとなると、甚だ疑問ではあるがの」

道珍斎はなみの思いつめた目を見て漠然とした不安を覚えていた。

不治の病といわれる労咳を患う家族を持つ者にとって、朝鮮人参は夢の薬であった。しかし、朝鮮人参は高価で、手に入れることは非常に困難なものであるため、罪を犯す者や、遊女になる若い女がいるということを道珍斎は噂に聞いていた。

「なみ殿の気持ちはよくわかるが朝鮮人参だけが薬ではないぞ。卵でも食べさせて滋養をとることだ」

「はい」

なみは素直にうなずいたが、道珍斎の不安はふくらんだ。

労咳には今のところ特効薬はない。なみの父親の衰弱が進むのは仕方のないことなのだが、なみはそれを自分の責任であるかのように考えているようだった。

翌日、道珍斎は往診を終えた後、なみの家に立ち寄った。その日はなみの父親を診る日ではなかったのだが、前日のなみとの会話を思い返すと、もう一度なみに会う必要があると考えたのだ。

簡素な家屋の中で、なみの姿は見えず、奥の間で父、作蔵が一人寝ていた。

「お父っつぁん、なみさんはどこかへ出かけたのかね」

道珍斎が尋ねると、作蔵は布団から半身を起こして言った。

「ああ、先生。いつもありがとうございます。なみは朝から出かけましてね。さあ、どこへ行ったのやら」

「お父っつぁん。今日は具合よさそうじゃないか」

作蔵は青白い顔に微笑を浮かべた。

「いえね、実は今朝、なみが卵入りの雑炊をこしらえてくれましてね。久しぶりに精をつけさせてもらいました」

「それはよかった。うまいもの食って体を休ませて、早く元気にならなければな」

「先生、いつもすみませんです」

作蔵は布団の上で足をそろえ、正座した。

「無理して起きなくていいぞ」

道珍斎は作蔵の布団を整え、寝かしつけて立ち上がった。

それにしても、なみはどこへ行ったのだろう。道珍斎の胸に不安が膨らんだ。作蔵が寝息を立て始めたのを見届けてから道珍斎は戸口に向かった。

　そのとき、入れ違いにいさが入って来た。

　驚くことに秀家も一緒だった。

「道珍斎、来ていたのか」

「殿、どうしてここに」

　二人は道珍斎を家の外に引っ張り出した。

「いさ殿のところになみ殿からの手紙が来ている」

　いさは袂から一枚の紙片を出した。

『しばらくの間、島を離れます。江戸には労咳によく効く薬があると聞きました。一日も早くその薬を手に入れ、帰って来ます。その間、どうか父をよろしくお願いします。道珍斎先生にもよろしくお伝えください』

「殿、なみは今どこに」

「わしは知らぬ。道珍斎も知らぬのか」

「昨日、なみ殿の様子がおかしかったので、来てみたのですが、遅かったか」

　道珍斎は唇を噛みしめた。するといさが思い出したように言った。

「まだ間に合うかもしれません。行きましょう。八重根の港にまだ御用船がいるはずです」

　三人は御用船が停泊している八重根港へと急ぎ向かった。

果たして御用船はいまだ停泊中だった。今まさしく出帆しようとする船の水手に秀家は大声で叫んだ。

「そこの船、しばし待たれい！」

作業中の水手はその声に驚いて手を止め、船頭を呼んで来た。

「この船になみという若い女が乗っているのではないかと思うのだが」

秀家の言葉に船頭は大きく手を振った。

「そんなことはごぜえませんよ。船頭、水手合わせて八人、あとは荷物だけでごぜえます」

船頭は言い張ったが、秀家たちの剣幕に負け、船内を調べたところ、船底の荷物に隠れていたなみが発見された。

一人の水手に導かれて、なみは密航しようとしていたのだった。江戸に着いたら遊郭に身売りする算段でもついていたのだろうか。

「すみません、すみません」

見つけられたなみはただただ泣くばかりだった。道珍斎は何も言わず、なみを家まで送り届けた。

「お父っつぁんには何も言ってない。いつも通りに帰りなさい」

道珍斎が言うと、なみは深々と頭を下げた。

「先生、申し訳ありませんでした。でも私はお父っつぁんの病気を……」

「気持ちはわかる。しかし、危険を犯して朝鮮人参を手に入れたとしてもお父っつぁんが助かるとは限らない。なみ殿が江戸に行っている間にお父っつぁんにもしものことがあったら、それこそ取り返しがつかない。かえって一生苦しむことになる」

なみは俯き、しゃくりあげた。

「でも、私はお父っつぁんが衰弱していくのを見ていられません」

道珍斎はなみの両肩に手を置いた。

「逃げてはいけない。一日でも長くお父っつぁんが元気でいられるように世話をしてあげなさい。そしてお父っつぁんが精一杯寿命を生ききるのをしっかり見届けるのだ。お父っつぁんを心配させるのがいちばんよくないんだよ」

なみは泣きながら何度も頷いた。

労咳は死病である。医者である自分にもどうすることもできないこの状況に、道珍斎もくやしさがこみ上げた。

作蔵は一ヵ月後、眠るように息を引き取った。

作蔵の喪が明けた一年後、南の島の春、色とりどりの花が咲き誇る中、道珍斎はなみと祝言をあげることになった。

宇喜多邸の隣に新しく家を建て、診療所兼住居とした。自分の父親を最期まで看病したなみは道珍斎の優秀な助手となって診療所を支えた。

七月のある朝、じりじりと焼けつく太陽を浴びながら庭の畑の雑草取りをしていた秀家は雑草の中に小さな茄子を一つ見つけた。思わず「おう」と声を上げ、茄子を手にした。

茄子の苗を植えた記憶はないのにどこから紛れたのだろうか。両掌で丁寧に茄子を撫でると、みずみずしい濃紫が美しかった。

阿いを大声で呼んだ。

「阿い、見てごらん。雑草の中にこんなものが」

「まあ、小さなお茄子」

「どこから飛んできたんだろうか。こいつの生命力はたいしたもんだ」

雑草の中で、誰にも気づかれずに懸命に生き抜いてきた茄子に敬意を表したい秀家だった。

「食べるのがもったいないようですけれど、今朝の雑炊にでも入れましょうか」

「そうしてくれ。できるだけ細かく刻んでな。皆の口に入るように」

こんな小さなことに幸せを感じる生活に秀家はすっかり慣れてきていた。

八丈島の夏は暑い。茄子が入った雑炊を食べた秀家はしばし横になった。

また戦の夢を見た。関が原で小早川秀秋の陣中に斬りこもうとしたところを家臣の明石全登に止められるという夢だ。秀家を逃がし戦場に戻る全登が馬上で一度振り返った。何かを叫んでいる。しかし、聞こえない。

「全登、なんだ」

秀家の声も届かない。全登は笑っている。

「全登、待ってくれ。やはりわしも戦場に戻るぞ」

全登はそれでも笑っている。何も言わず笑っている。

何事か周囲が騒がしい様子で、秀家はふと目を覚ました。離れから訪ねてきた孫九郎が、上がり框で太郎右衛門、次兵衛と話している。

「どうした、孫九郎」

秀家が声をかけると、三人は奥の間に入ってきて、並んで畏まった。その様子に秀家はただならぬ気配を感じた。

「父上、奥山の義父の元に使者が参りました。大坂城が落城したということでございます」

孫九郎の顔つきは戦国の武士そのものだった。

「なんと！」

秀家は驚愕した。最近よく見る戦の夢も何かの虫の知らせだったのか。

「何が起こったのだ」

孫九郎は使者から聞いた大坂城落城の様子を話し始めた。

発端は慶長十九年（一六一四）、豊臣家が再建していた京都の方行寺《ほうこうじ》大仏殿《だいぶつでん》の鐘の銘文《めいぶん》だった。家康が家臣の本多正純《ほんだまさずみ》を通じて鐘の銘文の中に不吉な語句があると言い掛かりをつけてきたのだという。

文中にあった『国家安康《こっかあんこう》』『君臣豊楽《くんしんほうらく》』という語句を、『国家安康』は家康を分断する呪詛《じゅそ》であり、『君臣豊楽』は豊臣家の繁栄を願い徳川家に対抗するものであると断定したのだ。豊臣家は和議の使者として片桐且元《かたぎりかつもと》を送ったが、且元が大阪に持ち帰った妥協案は、秀頼の母、淀殿を人質として江戸に置き、秀頼は大坂城を退去するというものだった。

これを聞いた豊臣家は徳川家の宣戦布告であると受け取ったのだ。

慶長十九年（一六一四）十一月、戦闘が開始された。豊臣方は終始劣勢で苦しい戦であったが、徳川方も真冬の陣で兵糧不足などを理由に和議に応じることになる。

しかし和平が成立してから双方とも戦の準備は怠らず、翌二十年（一六一五）四月、再び戦闘が開始された。

豊臣方は意地を見せたが、徳川の十五万の兵に対し、八万弱の軍勢で、やむなく大阪城内に総退却することになる。五月七日、大坂城本丸に火の手が上がり、ついに大坂城が陥落した。

「家康め」

話を聞いて秀家は膝に置いた拳を握り締めた。

家康は徳川家の長期安定政権を打ち立てるため、目の上の瘤だった豊臣家を討伐したのだ。方行寺の鐘の銘文など都合のよい理由でしかない。それにしても家康はこれほど強大な力を持ってしまったのか。

「それで秀頼殿は」

「秀頼殿、淀の方、共に自害なされたようでございます。介錯は毛利《もうり》勝永《かつなが》殿であったとのことです」

こう言って孫九郎は唇を噛みしめた。

孫九郎と秀頼は幼い頃から共に豊臣家の将来を担う者として嘱望されていた。孫九郎は戦国武士らしく激情家、三歳年下の秀頼は年に似合わず落ち着いた思慮深さをもっており、二人はお互いを認め合い、意識しながら切磋琢磨していたのだ。孫九郎の悔しさははかりしれない。

秀家は両目を固く閉じ、今の自分の非力さをことさらに恥じた。そして次の瞬間、あることを思い出した。

代官の谷庄兵衛が明石全登が大坂城にいるという噂があると言っていた。もしそれが真実ならば、全登はどうしただろうか。

先刻、夢に全登が出てきたのは、全登の身に何かあったからなのだろうか。

「孫九郎、明石全登の行方は聞いていないか」

孫九郎は驚いた。

「明石殿……」

「全登が大阪城にいたという話があるのだ」

「明石殿がどういう経緯で……」

「それは知らぬ。島の代官がそう申しておった」

明石全登の勇敢さは孫九郎も周知していた。

「明石殿、ご無事であればいいが」

「全登の無事を皆で祈ろうではないか」

秀家、孫九郎、太郎右衛門、次兵衛の四人は目を閉じ、しばし明石全登の無事を念じた。

しかし秀家は確信していた。全登は絶対無事であると。夢の中の笑顔の全登は自分が無事であるということを秀家に伝えに来たのではないか。きっとそうだ。秀家は遠く離れた家臣、もう二度と会えないかもしれない家臣を想った。

「父上」

しばらくの沈黙の後、孫九郎が両手をついて秀家に声をかけた。太郎右衛門、次兵衛も同じく手をついて畏まった。

「私たちはこのままこの島で手をこまねいていていてよいのでしょうか」

秀家は屹度《きっと》三人を見た。

「何を申したいのだ」

「殿、徳川に一矢報いるために兵を挙げることをお許し願いたいのです」

太郎右衛門が勢い込んだ。

「何をたわけたことを！」

秀家は一蹴した。

「父上、私はこの島で一生朽ち果てるのはいやでございます。せめて武士としての本懐を遂げて死にとうございます」

孫九郎は神妙に言ったが、その目は情念にギラついていた。

『武士の目だ。こんな目を見るのは何年振りであろうか』

秀家は懐かしくも切ない想いで胸が締めつけられた。秀家としてもでき得ることなら、ここから討幕の兵を挙げ、豊臣の敵を討ちたい気持ちは同じだった。しかし、流人となった今、それが不可能であることは間違いない。

「孫九郎、太郎右衛門、お前たちの気持ちはよくわかる。お前たちの想いはわしも本当は嬉しいのじゃ。しかし、今の状況を考えてみろ。流人であるわしらに何ができる。挙兵など考えてはいけない。わしらはもう武士ではないのじゃ」

下を向いた太郎右衛門の肩が震えていた。

孫九郎は先刻と同じ目で父を見つめた。

「次兵衛、お前はどう思う」

秀家は下を向き黙って双方の話を聞いていた次兵衛に聞いた。次兵衛は顔を上げて一言答えた。

「私は殿の気持ちが痛いほどわかります。それだけでございます」

秀家と次兵衛の目ががっちりと合った。

秀家は深くうなずき、立ち上がった。

「さあ、それではベラでも釣ってこようかの」

孫九郎たちの挙兵の話はそれで一段落したかのように見えた。しかし、二人の血気盛んな若者の気持ちは萎えなかったのだ。

いさが秀家を訪ねてきた。

「最近、わかさんがおかしいのです」

いさの話によると、わかの元気がなく、話をしていても時折上の空になるなど様子がおかしいのだという。

「孫九郎様との間で何かあったのかと心配しております」

秀家はすぐに孫九郎がまだ挙兵を諦めていないことを確信した。

秀家は離れの孫九郎の屋敷を訪ねてみた。

わかは黄八丈の機織りの前で赤ん坊の太郎を負ぶったままぼんやりとしていた。もともと明るい性格のわかがこんなに憔悴していることに今まで気づかなかったとは。秀家は自分が情けなかった。

「どうかしたか、わか」

秀家がやさしく声をかけると、わかの目は涙でみるみる盛り上がった。

わかは孫九郎が太郎右衛門と頻繁に話し込んでいること、八重根で漁船の船主に古い船を譲り受けようとしていることなどを話した。

「武家に嫁いだ女はみんな経験することなのでしょうが、私は孫九郎さんが武士であることを忘れておりました。私は情けない女です」

わかは膝の上で太郎をあやしながら言った。

「いや、もう孫九郎は武士ではない」

秀家はわかの膝から太郎を抱きとった。

「心配は無用じゃ。お父をどこへも行かせないから、な、太郎」

孫九郎はどこまで本気なのだろうか。屋敷に戻るとちょうど山菜採りから帰って来た次兵衛がいた。

「次兵衛、話がある」

次兵衛を奥の間に誘い入れた。

「次兵衛、孫九郎か太郎右衛門から何か聞いておらぬか」

「いえ、特に何も聞いてはおりませんが」

「二人が古い漁船を譲り受けようと画策している噂を聞いたのでな」

次兵衛はニコニコと笑った。

「なるほど、そのことでございますか。それだけではございませんよ。島の若い衆を集めて剣の使い方などを指南されているようでございます」

「奴らは本気なのであろうか」

秀家は腕組みをして唸った。次兵衛はしかし笑顔を崩さなかった。

「いえ、殿。二人とも分別のある大人でございます。叶わぬ夢であることは重々承知していることでしょう。ただ、大恩ある豊臣家が滅ぼされたとあって、何かせずにはおられないだけだと思います。ここは黙って若い二人を見守っているしか術はないと私は考えております」

次兵衛の深い思いに秀家は感嘆した。

「そうか。それならよいのだが。わしは二人が謀反を起こしたとしてもすべて自分の責任であると思っておった。なぜなら父親であり主君であるこのわしが彼らの武士としての将来をつぶしてしまったのじゃからな」

次兵衛は目を見開いた。

「殿、それは口に出してはなりませぬ。武士として死ぬことと、この島で生き延びること、どちらが正しい道であるか判断するのはまだ早いような気がいたします。この世を去るとき各々が判断することでございますまいか」

秀家は深くうなずいて目を閉じ、この思慮深い元家老の健康と長寿を祈った。

孫九郎と太郎右衛門の計画は、意外な結末を迎えた。

翌元和二年（一六一六）、家康が逝去したとの情報が入ったのだ。家康は鷹狩の最中に倒れ、その後、食中毒で亡くなったとのことであった。

家康の死を聞いて、孫九郎と太郎右衛門はしばらく呆けたような表情をしていたが、やがて憑き物が落ちたように普段の生活に戻っていった。標的である家康を失い、完全に戦意を失ったのだろう。

秀家は釣竿を担いで海へ向かった。

そして南原の海岸で本土に向かって叫んだ。「われは宇喜多秀家じゃ。見よ。宇喜多秀家、まだ生きておるぞ。この通り生きておるぞ」

獣が吠えるように秀家は何度も叫んだ。秀家の叫び声は逆巻く怒涛に消えていった。

孫九郎たちの謀反騒ぎが終息し、秀家の周囲がまた平和で退屈な日々に戻ったある日、秀家は港で一艘の船を見かけた。

旗印から推測すると、関が原で宇喜多軍と激闘を繰り広げた西軍の福島正則の身内のようである。

しかし、もともとは豊臣家の臣下として朝鮮征伐も同行した仲間うち、秀家は懐かしさのあまり船から下りた武士に声をかけた。

「そなたたち、なぜこの島に」

「大風にあい、流され申した」

「さようか。それは難儀であったのう。つかぬことを伺うが、そなたら福島殿のお身内であろうか」

日に焼け、粗末な身なりながらもどこか気品の漂う目の前の人物を武士は訝《いぶか》しげに見た。

「いかにも。広島から江戸へ酒を届けるところでござるが」

「三原《みはら》の酒であるか。福島殿の好物じゃの」

福島正則が無類の酒好きであることを思い出し、秀家は微笑んだ。

武士は、はっとした。

「もしや、そなた、宇喜多秀家殿ではござらぬか」

秀家はにっこりと笑って答えた。

「いかにも。宇喜多秀家のなれの果てじゃ」

福島の家来は船から酒を一樽降ろし、秀家に進呈した。

「それは申し訳ない。そなた、福島殿になんと言い分け申す」

「いや、福島殿はこのようなことでお咎めされる方ではござらぬ。どうか受け取ってくだされ」

「かたじけない」

秀家は遠く離れた懐かしい福島の安泰を深く祈った。

米で作られた本物の清酒は島民にも振舞われた。そのうまさは皆を陶然とさせた。

後日談だが、江戸に到着した武士が、福島正則に事の顚末を報告すると、正則は涙を浮かべて秀家を懐かしがり、武士を褒め称えたといわれている。

「父上、今年も牛角力の季節です」

まっ黒に日に焼けた小平次がうれしそうに言った。

牛角力が近くなり、小平次は毎日のように太助の牛小屋に入り浸りだ。

「太助の牛の様子でも見に行くかな」

秀家は小平次と連れ立って太助の家を訪ねた。

太助は土間で菰《こも》を編んでいた。木製の編み機でわらを編みながら木のコマに巻いた麻糸を絡ませていく。その巧みな工程に秀家は目を奪われた。

「殿様、菰編みにご興味を持たれましたか」

秀家の視線に気づいて太助が声をかけた。

「菰編みか。わしにもできるかの」

「慣れれば簡単にできますよ」

八丈島は雨が多い。釣りや畑仕事ができない雨の日に菰を編んではどうだろう。手持ち無沙汰から解き放たれ、しかも物を創るという新しい喜びに出会えるではないか。

「戯れにやってみようかの」

「それなら機械を作りましょう。材料を持ってお届けしますよ」

どことなく嬉しげに太助が言った。

牛を見るのもそこそこに秀家は菰の材料である真菰《まこも》を太助からもらい、ひと抱え運んで帰った。

真菰は沼地に自生するイネ科の植物で、人間の背丈を越える高さまで生長する。

土間で真菰のクズを取っていると、早速太助が菰を編む機械を作りに来てくれた。木で台を作り、麻糸を巻く木のコマを台に垂らす。

「真菰は暇なときに採ってきますから、とりあえずやってみてくださいよ」

「かたじけない。なんとか使い物になる菰になるように編んでみよう」

秀家はすぐに作業に取り掛かった。

秀家が土間で菰を編み始めたと聞いて、見物人が集まってきた。

「あの方が昔、偉いお侍だったとは思えない」「昔から島にいたみたいだ」島民たちは思い思いの感想を漏らした。

「見料《けんりょう》を払っていかれよ」と秀家が叫ぶと、どっと笑い声がおこった。

菰を編む作業は簡単ではあるが、やってみればみるほど奥の深い仕事だった。真菰の揃え方、麻糸を絡ませる力加減など、几帳面な秀家はひたすら作業に没頭した。出来上がったものが次第に菰の様相を呈してきたのを見るにつけ、遠い昔が思い出された。

秀吉がまだ存命中のことだ。秀家は日本軍総大将として一万人の兵を率いて朝鮮の漢城に立て籠もっていた。そのとき、漢城の床には竹でできた筵《むしろ》が敷かれていた。竹細工の美しい敷物だった。あのくらい出来のよい菰を編んでみたいものだと秀家は意欲を持った。

菰を編んでいると、糸を手繰るように次々と思い出が蘇ってくる。

あの朝鮮での戦いで、筆頭家老の岡家利が亡くなったのだった。今際の際、家利はこう言った。

『長船紀伊守は悪人であります。家中の仕置だけはお任せなされませぬように』

あの時はまったく気にもとめず、その後秀家は長船紀伊守綱直を筆頭家老に召したてた。

その判断が正しかったのか間違っていたのか、秀家にはわからない。しかし、剣を捨て菰を編む自分の姿を考えると、これは最期の願いを聞き入れてもらえなかった岡家利の恨みによるものなのかもしれないと思い、笑いが込みあがった。

思ったよりもずっと早く真菰はなくなってしまった。律儀にも太助がすぐに追加を持ってきてくれた。

「殿様、精が出ますね。気まぐれの遊び半分だと思ってましたが、本気だったんですね」

太助が冗談めかした。

「わしの性に合っていたのだろう。これからは真菰も自分で採ってくるようにするぞ」

どんなに単純な作業でも自分の仕事ができたということはわくわくするほど嬉しかった。

そんなある日突然、わかの父、島奉行奥山縫殿介が訪ねてきた。そのとき秀家はいつものように土間で菰を編んでいた。奥山は土間で菰を編む元大名の秀家をしばし眺めていた。

「噂には聞いておりましたが、本格的ですな」

島奉行が直々に訪ねてくることは滅多にないことなので、秀家は少なからず緊張し、作業の手を止め、奥の間に誘い入れた。

「宇喜多殿、おめでとうございます。徳川から晴れてご赦免が下りました」

秀家の表情が止まった。奥山はさらに話を続けた。

「家康様のご逝去にあたり、恩赦が下りたということでしょうな。宇喜多殿はもう自由の身です。まことにおめでとうございます」

秀家は言葉を失っていた。

「ついては赦免の条件として徳川家に臣従《しんじゅう》すること。十万石程度の大名として本土に迎え入れるとのことでございます」

『赦免』――どんなにか夢見た言葉であったろうか。

少し前の秀家ならすぐにでも本土に向かう船に飛び乗っていただろう。しかし、今、秀家の心には『赦免』という言葉がそれほど響いては来なかった。

「ありがたく存じます。家の者たちに報告し、改めてご回答申し上げます」

秀家は冷静に答えた。

「いや、宇喜多殿……」

奥山は伝えるものを伝えたという解放感からか足を崩してくつろいだ。

「本土に帰られるときはわかも一緒に連れて行ってくれるのでしょうな。夫婦は一心同体、わかも孫九郎殿と行動をともにしなければならぬ。武士の内儀《ないぎ》として勤めるよう、私からもよくよく言って聞かせますゆえ」

奥山は機嫌よく、いつになく饒舌だった。

奥山が帰ってから秀家は何も手につかなかった。秀家は阿いを呼んだ。

「阿い、皆を集めてくれ」

阿いは心配そうに言った。

「奥山様とはどういうお話だったのでございましょうか」

「そのことは皆が集まってから話す」

秀家はくるりと背を向けた。

皆がこれを聞いてどう反応するか、思いを巡らせた。孫九郎と太郎右衛門は一も二もなく喜んで帰るだろう。道珍斎も帰りたがっていた。阿いも息子、兵太夫に会いたいに違いない。次兵衛も最近は持病の癪が悪化したようなので、できることなら帰してやりたい。

皆が赦免を受け入れ、本土へ帰りたいというならば、自分ももちろん帰らなければならないだろう。しかし、島でゆったりとした生活を十年も続けてきた人間が殺るか殺られるかの武将としての暮らしにはたして戻れるのだろうか。

また、徳川家に臣従するという条件も引っかかる。徳川家に服従するということは、自分が間違っていたと認めることになりはしないか。しかし、加賀前田藩で無事を祈り続けてくれているお豪のことを考えると、徳川に土下座をしてでも帰らなければならぬようにも思える。

秀家はどう結論づければよいか迷っていた。

主君としてはずるいようだが皆の意見に従おうと思った。

秀家のもとに集まった十二人の者たちのうち、すぐに反応したのは小平次だった。

「わしはここに残る。ここの暮らしが性に合っている。今さら武士になれと言われてもどうしていいかわからぬ。それに牛を置いては帰れない。わしに構わず、みんな本土に帰ってくだされ」

小平次の言葉に登らもおずおずと言った。

「私も夫を置いて帰れませぬ。どうかお許しください」

登らは頭を床にこすり付けた。二人以外は黙ったままだった。

「孫九郎、おまえはどう思っている」

孫九郎は神妙な顔で言った。

「武士に戻ることが私にとっての願いでした。もちろん今も変わっておりませぬ。しかし、徳川家の赦免を受け入れるのは本意ではありませぬ。徳川に情けをかけられてまで武士に戻りたくはない」

太郎右衛門も言った。

「少し前までは武士に戻れるのなら、徳川にも喜んで跪《ひざまず》くことを選んだと思います。しかし今は違う。徳川の禄《ろく》を食《は》むなど宇喜多家の恥にござる」

次に秀家は次兵衛に聞いた。

「次兵衛、そなたは帰ったほうがよかろう。目に見えて体が弱ってきておる」

次兵衛は言った。

「いえ、私だけが帰るわけには参りません。どうか私の体のことは心配しないでいただきたい」

続いて秀家は道珍斎に尋ねた。

「道珍斎はなみを連れて帰るのだろう」

道珍斎は言った。

「殿、私は殿にご一緒申します。殿がお帰りになるのでしたら私もなみも同行を。どうか殿のお考えをお聞かせくだされ」

秀家はそれには答えず、今度は阿いに言った。

「阿い、兵太夫に会いに帰るか」

阿いは秀家をまっすぐに見つめて言った。

「いえ、私は小平次様の乳母でございます。小平次様のおられるところに」

「小平次はもう大人だ。阿いは自由にしてよいのだ」

秀家の言葉に阿いは何度も頭を振った。

「それでは私も殿にご一緒いたします」

以下、久七、半三郎、弥助、市若、才若も口々に秀家に同行する旨を表した。

しかし、そこで半三郎が口を開いた。

「弥助殿、おぬしは帰ったほうがよかろう」

弥助は訝しげに顔を上げた。

「いや、わしは殿様とご一緒いたします」

「ご一緒するお方が違うのではないか」

半三郎は弥助を睨みつけた。

「どうしてでございましょう。長いこと病を患い、皆に迷惑をかけたことはお詫び申します。でもこれからも精一杯勤めさせていただきたく存じます。どうか、どうか殿様のお側に居させてください」

弥助は秀家に向かい、頭を床にこすりつけた。

「もうよい、弥助。頭を上げよ。おぬしが精一杯やっておるのはわかっておる。おぬしの好きなようにせよ」

弥助は頭を下げ続けた。

「父上、結論を申してくだされ。いったい父上はどうなさるおつもりじゃ」

孫九郎は多少非難めいた口調で秀家に詰め寄った。秀家は顔を引き締めた。

「わしの気持ちは決まった」

全員が乗り出すように秀家の言葉を待った。

「わしはここに残る。家康が死んで、その恩赦によって赦免が下りるということは、家康に助けられるということなのじゃ。その屈辱は耐えがたい。自害なされた秀頼殿の無念さはいかばかりか。赦免を辞退することが今のわしにできる徳川家へのせめてもの抵抗じゃ。そうじゃろう、孫九郎」

孫九郎は息を飲んでうなずいた。秀家はさらに続けた。

「しかし、皆は自由なのだ。これ以上わしと行動を共にする必要はない。自分の将来は自分で決めるのじゃ」

「父上、帰りたいと言う者はここには一人もおりませぬ。皆自分の意志でここに残ることを選んでいるのです」

「さようか」

秀家はひとこと言って背を向けた。皆の思いがありがたかった。

翌日、秀家は島奉行奥山を訪ね、赦免を辞退する旨を丁重に申し伝えた。奥山は驚きの表情を見せたが、慇懃《いんぎん》にそれを受け入れた。

秀家自身、このことが正しい判断であったか確たる自信があったわけではない。しかし、今後、正しい判断であったといえるように生きていかねばなるまい。秀家は心の奥にその思いを封じ込めた。

それからまもなく、牛角力があと一ヶ月と迫ったときのことだ。

突然、阿いの悲鳴が聞こえてきたので、庭に出てみると、小平次が一頭の牛を連れて帰ってきた。

「小平次、何を始める気だ」

「野生の牛を捕まえたので今から牛舎を作ります。牛角力に間に合えばいいのだけど」

小平次は市若、才若に助けられながら半日で簡単な牛舎を作り上げた。野生の牛は獰猛《どうもう》で三人がかりでやっと牛舎の中に押し込めた。

「いやあ、小平次様には参りますよ」

才若が笑いながら汗を拭いた。小平次の自由気儘《きまま》さにはいつも周囲の者たちを驚かせてきた。

小平次は夜が明けると牛を連れて山に行き、牛角力に備えるべく調教を続けた。小平次の体は傷だらけになり、その傷が絶えることはなかった
そんなある日、島を嵐が襲った。

日没前から強く吹き出した風が庭の木々を揺らし、地面や畑に不気味な黒い影を映し出した。

暴風雨となった深夜、牛は暴れだし、綱でつながれていた杭を引き倒し、素人が作った簡素な牛舎を破壊した。その音を聞いて小平次は飛び起きた。暴れ狂い自分の故郷である山へ帰ろうとする牛とそれを取り押さえようとする小平次は全身泥まみれになって蠢《うごめ》いた。

秀家は朝起きて驚いた。

雨はすっかり上がっていたが、牛舎は壊れ、母屋の戸口も斜めに歪んでいた。嵐による被害としては今までになく大きい。牛舎はともかくとして母屋の戸口は修理しなくてはいけない。どうしたものかと思案していると軒先に黒くて大きな塊があるのに気づいた。近づいてみるとその塊

はもぞもぞ動いた。

「わあーっ」

秀家は腰を抜かさんばかりに驚いた。

それは真っ黒な泥にまみれた小平次と牛だった。夜中に格闘している間に双方とも疲れてしまい、そのまま寝てしまったらしい。

牛はその夜を境に小平次と意志の疎通ができたのか、小平次の言うことだけは聞くようになったのだった。

破壊された牛舎と母屋の戸口の修理は太助の手を借りて無事元通りとなった。

小平次にとって初参加となる夏の牛角力大会は、周囲の予想を覆し、小平次の牛は順調に勝ち進んだ。野生の血が騒ぐのか、角を合わせて押し合うと圧倒的な強さを見せた。押し合いに入る前から小平次の牛に睨まれただけで戦意を失って逃げていく牛までいた。そしてなんと決勝まで勝ち抜いてしまったのだ。

最後の戦いの前、小平次は牛にしばらくの間、話しかけていた。それは不思議な光景だった。秀家にはそれがあたかも男二人が真剣に話し合っているように見えた。

小平次の牛は決勝にも勝ち、見事一等となった。

「小平次さんはもって生まれた牛飼いの才能があるんですな。まさしく牛飼いの天才です」

すでに予選で負けてしまった牛を引きながら太助は秀家に言った。

「小平次さんは島に来てよかったのですかねえ。でもお侍であったらそれもまた、立派なお侍になってたんでしょうがねえ」

太助と秀家は喜び合っている小平次と牛を高台から見ていた。

「島に来てよかったのだ。武将として偉くなってもたいした値打ちなどない」

小平次はその晩、牛の綱を杭から解いた。

牛は一度振り返り、小平次をじっと見ていたが、真っ暗な夜道を山に向かって走って行った。

屋敷の縁側からそれを見ていた秀家は驚いた。

「小平次、追いかけないのか」

「奴と約束してたんです。一等取ったら山へ帰してやるって。約束は守らないといけないからね」

小平次は帰っていく牛を見つめていた。

「あの牛にも家族がいたのかもしれないな」

「無事に帰れるといいのだが」

牛の姿はすでに暗い闇に紛れてしまった。

14　生還への出立

夜の山道は暗い。漆黒の闇はすべてのものを飲み込んでしまう。

関が原を脱出した秀家は雨の伊吹山中を彷徨っていた。供の者は進藤三左衛門正次《しんどうさんざえもんまさつぐ》、蘆田左内《あしださない》、森田小伝次《もりたこでんじ》、虫明九平次《むしあけくへいじ》、黒田勘十郎《くろだかんじゅうろう》、本郷義則《ほんごうよしのり》、山田半助《やまだはんすけ》の七人。

八人は追っ手に怯えながら山中深く分け入り、粕川《かすがわ》伝いに美濃国粕川谷《みののくにかすがわたに》の奥へと移動、途中、野宿をしながら河合村《かわいむら》に逃げ延びた。

この日の朝、天満山に一万八千の兵を率いた大将がいま雨の中を逃げ惑っている。足が痛み、体は冷え込んでいた。喉の渇きを沢の水で癒し、落ちている生栗を食べ空腹を紛らわせた。

その日は古びた無人の観音堂で夜を明かした。

翌日、一行は中山郷《なかやまごう》で落武者《おちむしゃ》狩りの猟師の一団に出会った。西軍の敗戦は付近の住人たちにも知れ渡っており、多数の地侍、百姓たちが落武者狩りをするために集まっていた。

落武者狩りとは、戦に負けた武士たちの所持品を奪ったり、報奨金目当てに武将の首を狙う行為で、秀家たちが出会った一団の頭は、白樫村《しらかしむら》在住の矢野五右衛門《やのごえもん》という地侍だった。

五右衛門は徳川に武将の首を差し出して名声を上げることを考えていた。秀家たちが草むらに身を寄せ合い、蹲《うずくま》っているところを見つけた五右衛門は槍を持ち直して近づいた。

甲冑《かっちゅう》も着物も顔も泥に汚れ、怯えきった武士たちの中で、五右衛門をまっすぐに見返してくる強い視線に出会った。その視線の主は五右衛門が今までに見たこともない気品を漂わせていた。

その武士は言った。

「ここはどこであろうか。われらは二日間、道に迷ってここまで来たのじゃが」

五右衛門は答えた。

「ここは粕川谷の中山郷でござる。落人《おちうど》狩りが厳しいところじゃ。気の毒だがもはや逃げられますまい」

「そうか。われはおぬしらの探しておる西軍の副大将、宇喜多秀家でござる。徳川方に引き渡す前に湯漬《ゆづ》けなどを振舞ってもらえぬだろうか。二日間、飲まず食わずで来たのじゃ」

五右衛門は驚きで体中が震えた。自分の身分をあっさりと明かす潔さ、汚れた着物をまとっていても隠し切れない品のよさ、五右衛門は瞬時に秀家に魅了された。

「宇喜多殿。ご無礼をお許しください。私は白樫村在住の矢野五右衛門にござりまする。これより先のことは万事この矢野にお任せくだされ」

五右衛門はすばやく一団の者たちに秀家たち一行を矢野の屋敷に案内するように言いつけた。

「宇喜多殿はこの背中に」

五右衛門の手下が秀家を背負った。

「かたじけない。一息ついたら徳川に引き渡すなりなんなりとお決めくだされ。決して恨みはいたさぬ」

五右衛門の屋敷に着いた秀家一行は二日ぶりに食べ物を口にし、屋根のあるところで眠った。

翌日、秀家は五右衛門の許しを得て、進藤三左衛門と黒田勘十郎の二人を残し、他の者を大坂の宇喜多屋敷へと逃がした。

「宇喜多殿、これから先のことですが、どうなさるおつもりでしょうか」

秀家は不審気に五右衛門を見つめた。

「わしを徳川に引き渡すのではないのか」

「宇喜多殿、私は宇喜多殿を徳川に引き渡すわけには参りませぬ。関が原の合戦の勝敗はさておき、失礼ながらお見受けしたところ、宇喜多殿に非があるとは思えないのです。しかし、追っ手は必ずやってきます。この屋敷内にいては少々危険すぎまする。ご無礼を承知で申し上げますが、時が来るまで屋敷の裏にある穴蔵《あなぐら》に身を隠していただけないでしょうか」

「矢野殿、かたじけない。おぬしの申すとおりにいたそう。案内してくれ」

五右衛門の案内で秀家たちは裏の穴蔵に身を隠した。そして秀家は実に長きに亘り、この土中の穴蔵に匿われるのである。

ひと月ほど経ったとき、秀家は三左衛門にその思いを打ち明けた。

「われらはいつまでここに身を隠さねばならぬのだろうか。このままでは矢野殿にも迷惑がかかることになるであろう。いっそのことここを出て琉球《りゅうきゅう》にでも逃げ延びようかの」

これを聞いて三左衛門は膝を乗り出した。

「殿、私に考えがございます。殿の脇差《わきざし》『鳥飼国次《とりかいくにつぐ》』をお預けくださいませんか」

「三左衛門、何を企んでおる」

「私は殿の脇差を持って徳川に出頭いたします」

秀家は家臣の考えを理解した。

そして愛用の『鳥飼国次』を取り出し、三左衛門に託した。

「これはもはやわしには用のないものだ。どう使おうとおぬしの勝手じゃ」

「殿、お任せください。私が徳川に出頭している間にここから脱出してくだされ」

「うまくことが運べばよいが」

どうせ関が原で散るはずだった命である。

一か八かやってみるしかない。

その日、秀家は五右衛門の発案で病人を装い籠に乗り、勘十郎と五右衛門とともに白樫村を出発した。四十二日の間、五右衛門は秀家一行を庇《かば》い続けたのだった。

そしてかたや三左衛門は一人、『鳥飼国次』を懐に伏見に向かう。

「三左衛門、もうおぬしとは会えぬかもしれぬ。これまでまことに苦労であった。幸運を祈っておるぞ」

秀家は家臣、進藤三左衛門の手を握り締めた。

「殿、どうかご無事で」

三左衛門の眸が光っていた。

秀家たちと別れた三左衛門は、伏見の徳川屋敷に向かった。

「備前中納言《びぜんちゅうなごん》様のご消息について、ご報告がございます」

三左衛門は屋敷の門の前で大きな声で呼びかけた。応対したのは徳川の重臣本多正信であった。

「その方、宇喜多殿の消息を存じておると言うのか」

「はい。私は宇喜多中納言秀家家臣進藤三左衛門正次にございます。わが主君宇喜多秀家がこれ以上逃れがたき状況をはかなみ、伊吹山中にて自害いたしましたことをご報告申し上げます。われら供の者は主君の後を追うべきところを、亡き主君遺族の助命嘆願のため、主君の御遺骸を荼毘《だび》に付し、こうして自首してまいりました。家臣黒田勘十郎は主君宇喜多秀家の骨を抱き高野山《こうやさん》に入った次第にございます」

「それはまことか」

本多正信は驚いた。

「まことにございます。これがその証拠でございます」

三左衛門は秀家愛用の脇差『鳥飼国次』を懐から取り出し、本多正信に差し出した。

本多正信は家康に『鳥飼国次』を持参してこの一件を報告した。

「うむ。この名刀『鳥飼国次』が秀家愛用であることはわしもよく存じておる。これで秀家が自害をしたと申しておるのか」

家康は感慨深げに秀家愛用の脇差を撫でた。

「進藤と申す家臣、どこまで信用してよいものやら」

家康は宇喜多の元家老、花房職秀を呼び、面通しをさせるよう正信に言いつけた。

「三左、三左ではないか」

職秀は見る影もなく落ちぶれた三左衛門を見て、にじり寄った。

三左衛門の話を聞いた職秀は「お労《いたわ》しい」と涙を見せた。

本多正信はこれを家康に報告し、判断を委ねた。

「さようか。三左と申すもの、偽りではなかったのだな。秀家が生きているならば、この宇喜多家重宝『鳥飼国次』を手放すはずはない。秀家の自害はまことであろう」

家康は三左衛門を忠義の者として本多正信に身柄を預けることとしたのだった。

三左衛門が徳川の屋敷にいる隙に秀家は五右衛門、勘十郎とともに農民たちの有馬温泉湯治の一団に加わった。伏見に到着し、そこから乗合船に乗った。農夫姿で重病人を装っていたため、周囲に疑う者はまったくいなかった。

一旦、大坂天王寺《おおさかてんのうじ》の五右衛門の知人宅に匿われたが、四日後の深夜、秀家はついにお豪の待つ大坂備前屋敷《おおさかびぜんやしき》に到着した。十一月二日のことであった。

お豪は眠れない夜が続いていた。

関が原での合戦の勝敗はすでに知らされていたが、夫、秀家の消息は何の情報も入ってこなかった。それに加えて新たな悪い知らせが入っていた。

十月十九日、岡山城が家康によって没収されたのだ。岡山城開城となると、早晩この大坂屋敷も取られてしまうだろう。

秀家が生きているというささやかな望みもひと月以上経った今となっては諦めたほうがいいのかもしれない。秀家がもし生きているのなら、連絡をよこさないわけがないのだから。

兄の利長がここのところしきりに加賀に帰ってくるようにと言ってくれている。いつかは兄に甘えて加賀に帰ることになるのだろう。

しかし、お豪の本心はいまだに秀家を諦めきれなかった。

玄関口のほうが騒がしかった。

下女のふじが転がるように駆けて来た。

「奥方様、奥方様」

「何を騒がしい。こんな夜中に」

「殿様が……たった今、殿様がお帰りになられました」

「え、なんと申した」

お豪は玄関に走った。

そこにいたのは農民の姿をしてすっかり痩せてしまっていたが、紛れもなく秀家その人だった。

お豪は胸に湧き上がる喜びで大声で叫びたかったが、それを抑えて静かに言った。

「秀家様、お帰りなさいませ」

「お豪。長いこと留守をした、すまなかったな」

屋敷内は深夜にもかかわらず喜びで静かにどよめき、取り急ぎ三人を迎え入れる膳が用意された。


翌早朝、長い旅路を随行してくれた五右衛門が白樫村に帰郷することになった。

「矢野殿、まことに長きに亘り世話になった」

秀家は五右衛門の両手を握り、涙を流した。

「おぬしが世に出るときがあればこれを必ず持参しなさい」

秀家は用意していたかつて豊臣秀吉から下された朱印状《しゅいんじょう》を五右衛門に与えた。

「殿、これは私には身に余るものでございまする。どうかお納めくだされ」

「いや、もうわしが持っていても意味がない。何かのときに役に立てるがよい」

そのほか黄金五十両、五右衛門の妻には三重《みつがさ》ねを贈った。

「温情は生涯忘れぬ。事故なく村に帰りつけるよう祈っておる」

五右衛門は無事白樫村に辿り着き、矢野家は代々裕福な家となり、秀家から譲り受けた朱印状も家宝として末長く保管されたという。

進藤三左衛門の自首のおかげか秀家捜索の手が緩められたようで、秀家はつかの間、お豪との生活に癒された。秀家が大坂の屋敷にいるということを知る者は側用人数人のみで、秀家は陽の当たらない狭い奥の間でひっそりと暮らさねばならなかったが、五右衛門の穴蔵に比べれば天国であった。

「秀家様、秀家様」

深夜、お豪の声で目が覚めた。

「どうした、お豪」

「お庭に出てみませんか。ようやく梅の花が咲きましたの」

暗闇の中で目を凝らすと、ぼんやりと梅の花が浮き上がって見えた。今の立場では太陽の下で花見をすることなど出来ない。

「これもまた風流じゃの」

二人は肩を寄せ合い、しばらく黙って花を見続けた。

まもなく宇喜多の旧領、備前・美作を与えられた小早川秀秋が岡山城に入城したという知らせが入ってきた。

「秀家様、そのうちこの屋敷も徳川の手に渡ってしまいます。一刻も早く次の身の処し方を考えませんと」

お豪の言葉に秀家は肩を怒らせた。

「うむ。それにしても小早川秀秋、憎んでも憎みきれぬ」

「秀家様、加賀の兄上に匿ってくれるよう頼んでみようかと思っておりますが」

お豪の兄、前田利長は関が原の合戦後、お豪の身を案じて、加賀に戻ってくるよう再三にわたり申し入れてきていた。お豪は秀家の身も一緒に匿ってくれないかと前田家に打診した。

前田利長は秀家の生存を聞き驚いたが、前田家が秀家を匿いきることは難しいと判断を下した。利長は前田家では秀家を迎えることはできないが、島津家と話をつけたので、薩摩《さつま》に行くようにと言ってきた。そしてそれがいやなら秀家の身柄は徳川家に引き渡すとお豪に迫ったのだった。

「そうか。島津殿は無事であったか」

秀家にとって、島津の無事は感慨深いことであった。

島津義弘は関が原での西軍敗戦の折、覚悟を決め切腹に及ぼうとしたが、甥の豊久に説得され、敵陣突破という大胆な方法で撤退した。その後、筑後《ちくご》の立花宗茂《たちばなむねしげ》と合流し、海路から薩摩に逃れた。

薩摩に戻った義弘は徳川との和平交渉をしながらも徳川からの攻撃に対する防備を整えていた。徳川家康は島津討伐を図ったが、戦のうまい義弘に警戒してか態度を軟化、後に義弘の三男忠恒への家督譲渡を承認した。

そんな島津家がなぜ秀家を匿うことを承諾したのだろうか。想像の域を出ないが、島津は徳川の時代が長く続くとは思わなかったのではないだろうか。豊臣方の秀家はまだまだ利用価値があると踏んだからではないだろうか。

それはさておき秀家は薩摩に逃れることを決断した。

「秀家様、私もご一緒いたします」

お豪は秀家の腕にすがったが、秀家は首を振った。

「お豪、それは無理じゃ」

「どうしてでございましょう。夫婦は一心同体でございます」

「男とおなごは異なる」

「戦のときとは違います。今こそ私が秀家様をお支え申し上げます」

「お豪、これ以上無理を言うでない。そなたは加賀の利長殿のもとへ行くのじゃ。お互い生きておれば必ずまた会える」

涙をためたお豪の手を秀家は強く握った。

慶長六年（一六〇二）五月、秀家は大坂から小舟に乗って薩摩へと出発した。

そしてお豪は加賀の兄、前田利長のもとへと旅立った。

「生きていれば必ずまた会える」

秀家の言葉を信じてしばしの別れを決断したお豪だったが、これが今生の別れとなることをまだ二人は知らなかった。

15　父子の祈り

「秋だな」

久しぶりの秋晴れの日、秀家はいさを連れて南原千畳敷に来ていた。頬を撫でる潮風がめっきり優しくなったが、八丈の秋はまだまだ暑い。

「ふふ」といさは笑った。

「まだまだ暑いです。どこに秋が来ているのやら」

珍しく軽口を叩くいさの顔を秀家は振り返って見つめた。

「こうして海を見ているとな、季節によって波のようすが変わっていくのがわかるのじゃ」

「殿様、すっかり島の漁師のようですね」

雲一つない青空は人の気持ちも晴らすのだろうか。いさはいつになく上機嫌であった。

「何かいいことでもあったのかな」

秀家が尋ねると、いさは微かに下を向いた。

「いいことなのか悪いことなのかわかりませんが」

いさはここでしばし言葉をとめて、秀家の顔を見つめた。

「徳川様からご赦免のお話があったとか」

「ああ、そのことはもうすんだことじゃ」

「はい、お断りされたとお聞きしました。殿様、それはどうしてですか」

秀家は自分を見つめているいさを見た。

「それは皆の総意なんじゃ。徳川に頭を下げてまで帰りたくないということじゃ」

「そうですか」

いさは遠い水平線を見ているようだった。

「いさ殿はご赦免をありがたく受け入れて帰ったほうがいいと思われるのかな」

秀家はいさの顔色を窺った。

「いえ、そうではなく私は殿様がお帰りになるものだと思っておりました。本土には殿のお帰りを待つ奥方様、姫様がおいでになるのですから」

秀家は核心を突いたいさの言葉に沈黙した。

言うまでもなくそれが一番の気がかりだった。

お豪は秀家、孫九郎、小平次の帰りをひたすら待っていただろう。赦免が下りたのもお豪の度重なる要望が幕府を動かした要因の一つであったに違いない。せっかくの赦免を自ら断ったと聞いたお豪はどんなにか絶望したであろうか。秀家は今になって自分の出した結論がよかったのか悪かったのかわからなくなってきていた。

秀家はしばらく沈黙を続けた。

やがて秀家は顔を上げ、きっぱりと言い切った。

「これでいいのじゃ。『勝てば官軍』とは限らない。わしは今でも自分が間違っていたとは思わない。愚かな人間かもしれぬが自分の意志を曲げて本土に帰ったとしても、いつかきっと後悔するような気がするのじゃ」

あれからお豪には手紙を書いた。まだ返事はこないがきっとお豪も理解してくれるだろう。

「愚かなのは私も同じでございます。私は殿様のご赦免が下りたことを聞いて、夜も眠れませんでした。そして殿様がお帰りにならないことを知ったとき、心から安堵したのです。今、この島から殿様がいなくなることを考えるだけで恐ろしゅうございます。私は自分のことしか考えない哀れな女なのです」

いさは肩を震わせた。秀家はいさの肩にそっと手を置いた。

「いさ殿、わしがこの島に来てからもう十二年じゃ。そのうち本土で暮らしていた年月を追い抜くときが来るだろう。そしてたぶんこの島で一生を終える。だからこれからも、いさ殿に世話になると思うが、よろしく頼みます」

秀家はいさの手を取り両手に包んだ。

秀家といさはお互いの存在を認め合う無二の仲になっていた。一足先に所帯を持った道珍斎は、秀家がいまだに一人身でいることを気にしていた。たとえ、島にいる間だけでもいさを迎えてはどうかと意見を言ったが、秀家は首を縦には振らなかった。

「お豪さまに気兼ねをしているのですか」

道珍斎は直接的な質問を秀家に投げかけたが、秀家はいつも笑って取り合わなかった。

「お豪はそんな小さな女ではない」

「それでは何故ためらわれるのですか。いさ殿も気の毒です」

すると秀家はまた笑ってこう答えるのだった。

「いさ殿もそんなに小さな女ではない」

最近は道珍斎もすっかりお手上げの状態だった。

秀家はいつも飄々としていて、何があっても動じず、小さなことには頓着しない楽観的な生き方をするようになった。

「殿様はまるで仙人のようになってしまわれた」

周囲の者は秀家を陰でそう言った。

徳川には屈しなかったが、もう秀家には徳川と一戦交えようという気はまったくない。

それは道珍斎にとってもいにとってももちろん孫九郎や太郎右衛門にとっても寂しいことではあったが、平凡な日々はそれぞれの心を穏やかにしていた。

お豪の手紙が届いたとき、秀家は少しだけ読むのを躊躇した。せっかくのご赦免を棒に振ってさぞやがっかりしているだろう。恨みの一つでも書いてきているのではないかと思ったのだ。しかし、お豪の手紙にはご赦免については一切触れられていなかった。そのことがかえって、お豪の落胆振りを窺わせた。

お豪の手紙は、お豪の母、まつの死の報告だった。

前田利家の妻、まつは利家没後、出家し、芳春院《ほうしゅんいん》と名乗った。慶長四年（一五九九）加賀征伐を企てた家康に交戦を主張する利長を諫め、自ら人質になって江戸へ行き、十四年間を過ごした。加賀に帰ったのは慶長十九年（一六一四）で、そのわずか三年後、元和三年（一六一七）に亡くなったことになる。

お豪はその三年間、母・芳春院と十分な触れ合いができたであろうか。精神的な頼りとなる母が亡くなり、また夫の秀家がせっかくのご赦免を断ったとなると、お豪の失望はいかばかりか。秀家はお豪の心情を思うと胸が張り裂けんばかりであった。

秀家はふさぎ込むようになった。口数はすっかり減り、日中菰を編むのもままならぬようだった。編み機の音が止むので阿いが土間を覗くと、決まって真菰が乱雑に投げ捨てられたまま秀家の姿は見えなかった。

ある日、心配した阿いが秀家の後をつけてみると、秀家は浜に座り込み、漁師の小舟をぼんやり見ているのだった。

八重根にいる秀家を見つけて道珍斎がふらりとやってきた。

「殿」

振り向くと道珍斎の白い歯が見えた。

秀家はばつの悪そうな顔をしたが、しばし遠い水平線を見つめ、それから思い直したように背筋を伸ばした。

「道珍斎、どうしてここへ」

「往診の途中で通りかかったら殿の姿が見えたもので」

「阿いが何か言ったのか」

実は道珍斎は秀家が推測した通り、秀家を心配した阿いに相談を受けたのだった。

「殿、こんなところにいて、本土が恋しいのですか」

道珍斎は単刀直入に聞いた。

「道珍斎、そなたはどうなのだ。もう本土に帰りたくはなくなったか」

「私はもう帰りたいとは思わなくなりました」

秀家は道珍斎の答えには何の反応もせず、また港に着く小舟を見ている。

「あの小舟で黒瀬川を渡るのは無理じゃろうな」

「無理でしょうな。あの激しい波の上では木の葉同然ひとたまりもないでしょう」

道珍斎は秀家の望郷の思いが病的であることに気づいた。

「殿、いつからそのように」

「お豪のことを考えると夜も眠れないのじゃ。義母上が亡くなったというのに慰めてやることもできぬ」

「いかがでしょう。島奉行の奥山殿に申し入れて、改めて赦免を受け入れるという方法もございます」

秀家は道珍斎の顔を見て首を振った。

「いや、いいのじゃ。意地を張ったわしが悪いのかもしれぬ」

「殿は少々お疲れです。今まで気を張りすぎました。島に来てからというもの、ろくな休みもとられておりませぬ。どうか何も考えずにお休みくだされ」

道珍斎は秀家の肩を抱きかかえた。

秀家は空を見上げ、ぶるっと肩を震わせた。

「道珍斎、見てみよ。いわし雲じゃ。もう秋じゃのう。加賀はもう寒いじゃろうか」

「この島にいると本土の寒さも忘れてしまいますね」

「太陽がどんなに照ったとしても、わしの心は温まらないのう」

道珍斎は秀家を抱くように立ち上がらせた。

「さあ、殿、家に帰りましょう。漢方を処方いたしましょうぞ」

道珍斎が処方した体を温める漢方を飲んで秀家は横になった。

秀家の体調は一進一退だった。体はすでに回復しているにもかかわらず、秀家の心はなかなか晴れなかった。無意識に釣竿を担いでとぼとぼと海に向かう秀家の後姿を見ては、阿いは心を痛めた。


阿いは小平次に相談した。

「父上は五十七万石の大名だった方だ。心配しなくても大丈夫だよ」

小平次にあっさりといなされて阿いは小平次に相談したことを後悔した。

それでも小平次は釣りに行った秀家を迎えに行くことにした。夕方の道、魚を入れた魚篭を手に戻ってくる秀家を小平次は笑顔で迎えた。

「おお、小平次、どうした」

小平次の顔を見ると秀家は顔を崩した。

「阿いが父上のことが心配だって言うからお迎えに参りました」

秀家は苦笑した。

「阿いのやつ、何を心配しているのか」

怒ったように言う秀家に、小平次は意外にもしみじみとした口調で言った。

「わしも心配しておりました。父上がお辛そうだったから」

秀家は思わず足を止めた。

「おまえが……小平次がわしを心配していたというのか」

秀家は吹き出した。久々に笑ったような気がした。

「おまえはいつも元気じゃからな」

「また母上のことをご心配なのだろう。父上は考えすぎじゃ」

小平次は言った。

「わしには考えなければいけないことがたくさんあるのだよ」

秀家にとって小平次は幾つになっても子どもだった。

「父上、そんなにお考えなさるな。物事は考え始めると必ず悪いほうにいくものじゃ」

小平次の言葉に秀家は『確かにそうかもしれない』と思った。いつのまに小平次はこんなに大人びたことを言うようになったのか。

小平次は体だけではなく中身も確実に成長していたのだ。父として驚き、そして小平次に聞いてみた。

「おまえは母上のことを考えたりしないのかい。思い出したりはしないのか」

「それは思い出す。でも考え込んだりはしないようにしております。母上のことを考えると悲しうなるから、考えるより念じておるんじゃ。母上がご無事であるようにとね」

幼い小平次に与えられた運命は数奇で過酷なものだった。秀家は改めて小平次に対し、すまなさで胸がいっぱいになった。

「小平次には辛い思いをさせてきたな」

「父上、考え過ぎてはいけないと申したばかりではありませぬか。過ぎたことを考えて悩むなんてつまらないとわしは思っております。それより父上、これからのことを考えると元気になりますぞ」

「そうだな。これからわしも念じることにしよう。お豪の無事、それから皆の安泰」

「皆が毎日腹いっぱい飯が食えるように。これを忘れぬように」

秀家は久々に小平次と笑い合った。そして、遠い本土に向かって手を合わせ、頭を垂れて念じた。お豪が無事でありますように。皆が幸せに暮らせますように。毎日腹いっぱい食べられますように――。

小平次とひとときを過ごした秀家は元気を取り戻していった。皆のために念じていると秀家は心が洗われていくような気がした。

しかし、秀家の祈りは叶わなかった。

次兵衛が畑仕事中倒れたのだ。次兵衛は島に来る前から持病の癪があった。島に同行すると言う次兵衛を秀家は常々心配していたのだが、その心配が現実になったのだ。

道珍斎は鍼治療や漢方薬の投与など手を尽くして治療に励んだが、還暦を過ぎた高齢の次兵衛は床につくことが多くなった。

太助にもらった卵や牛の乳を飲ませると次兵衛は恐縮し、涙を浮かべた。

「殿、申し訳ございませぬ。こんなに弱ってしまってもう使い物にならない私にもったいないことを」

気分のよい日は庭に出て畑の様子を眺めているが、決まって癪の痛みに悩まされた。

「次兵衛、当分はゆっくり休むがいい。体を治すのが先じゃ。治ったらまたこれまで以上に働いてもらわねばならぬからな」

秀家は一日が終わる頃、必ず次兵衛の床のそばに行き、一日の報告をするのが日課となった。

「殿、私はもう治りませぬ。もうあまり時間がないのです。畑のほうは太郎右衛門と半三郎に受け継いでもらいましたから心配はありませぬが、殿のこれからのことを思うと心が痛みます」

「何をたわけたことを申すのじゃ。道珍斎が精一杯の治療を施してくれている。必ず治せ。これは命令だ」

次兵衛はやせ細り頬骨が浮き出た顔をほころばせた。

「殿、久しぶりの殿のご命令、嬉しゅうございまする。昔のことを思い出します」

次兵衛は特に目立った功績もなかったが、昔から一緒にいると安心させてくれる家臣だった。キリスト教信者であったため、家臣の騒動があったときは中村次郎兵衛とともに加賀の前田家預かりとなっていたが、誰とも諍いを起こすようなことはなかった。

布団から体を起こした次兵衛は、

「殿、私の最後のお願いになるかもしれませぬが、お聞き入れくださらぬか」

「いや、聞かぬ。最後の願いなどまだ早いわ。とにかく病を治すのじゃ」

秀家は怒ったように言った。

「いいえ、聞いていただかなければなりませぬ」

次兵衛の口調はいつになく強かった。秀家は黙って次兵衛の次の言葉を待った。

「殿、次にまたご赦免のお話が来たときには、是非意地を張らずに帰っていただきたい」

「なぜじゃ」

「それは――お豪様が待っておられるからでございます」

秀家はじっと老家臣の顔を見つめた。肉が削げた顔に眼だけが光っている。

「次兵衛、なぜ今になって言うのか」

「それは、殿が本土に帰られるときは、ご無事でと考えますゆえ」

次兵衛は真剣だった。

「殿はご赦免の話を断ったときから、討幕を考えてらっしゃるのではないでしょうか。私がもっと元気であったなら、殿の命ずるままに戦う覚悟はできております。命を惜しむ気持ちなどございませぬ。ただ、私がいなくなってからは、確実にお豪様の許へお帰りいただきたい」

秀家は今まで知らず知らずのうちに自分の気持ちに蓋をしてきたことに気づいた。お豪の手紙で義母まつの死を知ってから秀家は、ずっと本土に帰ることを考えていたのだ。赦免を断ってからも何とか他の方法で帰ることを模索していた。それはいつかこの地から兵を挙げ討幕に動こうというものだったのかもしれない。根拠のない計画だ。いや、ただの願望だ。孫九郎や太郎右衛門の討幕計画を諫めながら、自らそれを夢見ていたのだ。そんな自分の心の動きに向き合うこともせず、大事なことから逃げていた。

「殿が悩んでおられることはわかっておりました。周りの人間のことと、ご自分の意地と、いずれのことも考えて葛藤されていたのでしょう。どうかもう意地を張らずにご安泰に本土にお帰りくだされ」

秀家は老家臣の分析に舌を巻いた。自分ですら自分の心を計りかねていたのに、次兵衛はすべてを見通していた。とっくに大名としての面目や意地など捨て去っているつもりだった。しかし、その根っこの部分は厳然と自分の中に残っていたのだ。それは確かに大事なことかもしれないが、そのことによって自分だけでなく周囲の者にまで心配をかけてしまう原因であったとしたら申し訳ない。

「次兵衛、よくわかった。しかし、わしはそなたも連れて帰らねばならぬ。早く、一刻も早く健康を取り戻してもらいたい」

「殿、ほんとうにかたじけない。私はキリシタンです。何も怖くはありませぬ。どうかどうかご無事でお豪様の許にお戻りくだされ」

秀家は小枝のように細くなった次兵衛の腕を取った。次兵衛は言い終わると安心したように眠りについた。

そのまま次兵衛は昏睡状態に陥った。

数日後の元和五年（一六一九）十月、浮田次兵衛は六十五歳の生涯を閉じた。

次兵衛の遺骸は中之郷の長楽寺《ちょうらくじ》に葬られた。

キリシタンだった次兵衛を偲んで、秀家たちは墓標の前で見よう見まねで十字を切った。

そして秀家たちは徐々に元の生活に戻っていった。晴れた日には海に行き、家族の無事を祈りながら糸を垂れる。退屈だが穏やかな日々だ。しかし食糧不足は解消されたわけではない。秀家の日々の闘いは続いた。

そんなある日、秀家の前に一匹の猫が現れた。それは不思議な猫だった。秀家が海辺で釣り糸を垂れているとどこからともなくやってきて、秀家の隣にちょこんと腰をおろす。

混じりけのない真っ白い毛をまとった猫で、はじめは釣った魚目当てであろうと思っていたが、雑魚などを与えるとそれ以上は要求せず、寄り添うようにじっとしている。

秀家が家に帰るときは秀家の足元を前や後ろにまとわりつくようにして歩いた。しかし、家に着くといつのまにか猫はいなくなっている。はじめは亡くなった次兵衛がその身を変えて現れたのではと秀家は思った。次兵衛の真っ白な頭髪が思い出された。雨で海に行かない日、秀家は猫のことが気になった。

太助を呼んで聞いてみた。

「真っ白い猫ですかい。ここら辺では見かけませんな。飼い猫ではないでしょう。どこか遠くのほうから来た迷い猫じゃなかろうか」

秀家は晴れた日に海に行くのが楽しみになっていった。秀家は猫がいったいどこから来るのか、どこへ帰っていくのかを知りたかった。帰り道、後をつけようとしても、猫はいつのまにか消えているのだった。

その日も秀家が釣り糸を垂れていると猫がそっとやってきた。秀家が投げてやる雑魚を食べると秀家の横にうずくまるように寝ている。

夕方近くになると空に黒い雲が覆い始めた。

「雨になるな」

秀家が帰り支度を始めた頃、突然来た高波が猫と秀家を飲み込んだ。秀家は衝撃を受けて跳ね飛ばされ、体が岩と岩の間に挟まった。打ち付けられた痛みで、もはや体は指一本も動かすことがかなわなかった。

「おい、おい」

と秀家は首をひねって声を出した。一緒に波に呑まれた猫のことが心配だった。秀家の足元からずぶ濡れの猫が姿を現した。

「無事だったか」

秀家はほっとして猫に手を伸ばそうとしたが、腕はまったく動かなかった。

「はてさてどうしたものか」

秀家が独り言を言って猫を見ようと首をひねるとそこにはもう猫の姿は見えなかった。

「やれやれ、本当に一人になってしまったぞ」

秀家は途方にくれた。雨足はますます激しくなっていった。

その頃、山に出ていた太助がソテツの下で雨宿りしていると、見たことのないずぶ濡れの白い猫が近寄ってきた。

「あれ、おまえは殿様が言ってた奴だな」

猫は太助に向かって『ニャーニャー』と鳴き始めた。

「どうしたんだ」

猫は断続的に鳴いて振り返りながら海の方向に向かう。太助は胸騒ぎを覚えながら後を追った。

猫は岩場の上で足を止め、太助に指し示すように一声『ニャー』と鳴いた。太助はそこに挟まっているのが秀家だとわかって仰天した。

「殿様、殿様、大丈夫ですか」

「おう、太助か。見ての通り岩場にすっぽり挟まって動けないのじゃ。手を貸してくれぬか」

「もちろんでございますよ」

太助の手を借りて秀家はなんとか岩の間から抜け出した。波をかぶったので全身濡れそぼり、体中打ち身で痛んだ。太助の肩を借りて家に戻った秀家は、ふと猫のことを思い出した。

「太助、猫はどうしたろうか」

「そういえばいなくなりましたね。どこへ行ったのかのう」

「なんとか探してくれぬか。命の恩人のようなものじゃから」

太助は雨の中、猫を探しに元の道を引き返した。あちこち探したがどこにも姿は見えなかった。諦めて帰る途中、山道の物置小屋を覗いてみるとなんとそこに猫がうずくまっていた。

「なんだ、おまえ、そんなとこにいたのか」

太助が抱き上げると、猫は抱かれるのを嫌がって手足をばたつかせて暴れた。

「殿様、こいつは根っからの野良ですわ。いったいどこから来たんでしょうな」

太助は引っかかれたり噛まれたりしながら暴れる猫を秀家の屋敷に連れてきた。

「野良でもなんでもわしにとっては命の恩人じゃ。なにか食べ物をやってくれ」

秀家は阿いに頼んで残飯を猫に与えた。

猫は喉を鳴らし喜んで残飯を平らげた。

それを機に猫は秀家の屋敷の庭に住みついた。

真っ白な毛であることから『白』と呼ばれ、朝になるとふらりと庭からやってきては秀家の傷口をざらざらした舌で舐めた。

「不思議な猫ですね。野良にしては真っ白できれいだし」

阿いは不思議がった。

「次兵衛の生まれ変わりだとしか考えられぬ」

「でも次兵衛さんの生まれ変わりなら子猫のはずですわ。それに『白』はメス猫です」

「そうか」

いずれにしてもこの猫は自分に縁のある猫であろうと秀家は思った。

怪我が治ってから秀家は、晴れた日には『白』を連れて釣りに行くことが日課になった。

誰も見ていないところで秀家は猫を密かに『お豪』と呼んでみた。

「お豪、きょうの海は穏やかじゃ。魚がたくさん釣れるとよいが」

お豪と呼ばれた『白』は心なしか嬉しそうな表情で秀家を見上げた。そして少しだけ、体を傾け、秀家に擦り寄ってみせるのだった。

16　島津の保護

「生きていれば必ずまた会える」

慶長六年（一六〇一）五月、秀家はお豪と別れ、黒田勘十郎らとともに大坂から小舟で出帆、六月には薩摩半島南端の山川港に到着した。

知らせを受けた島津義弘は家臣の伊勢《いせ》貞成《さだなり》、相良《さがら》長辰《ながたつ》を遣わし、丁重に秀家らを出迎えた。

「宇喜多殿、海路の長旅、ご苦労でございました」

「出迎え、ほんとうにかたじけない。島津殿のご厚情、感謝しても感謝しきれることではござらぬ。どうかこの思い、島津殿にお伝え願いたい」

「確かにお伝え申し上げまする。さて、宇喜多殿、折り入ってご相談がございます」

伊勢の真剣な顔を見て秀家は緊張した。

伊勢は島津家が秀家主従を預かるうえでの意向を申し渡した。

島津家はその頃まだ徳川家康との和睦が成立していなかった。島津義弘の徳川への配慮からであろうか、島津の意向とは秀家を薩摩の本拠地である鶴丸城《つるまるじょう》へは迎え入れることはできないということだった。

「承知いたした。島津殿のご意向通りにいたすゆえ、なんなりとお申し付け願いたい」

伊勢と相良はほっとしたように顔を見合わせ、伊勢はさらに続けた。

「牛根郷《うしねごう》の平野という豪族が宇喜多殿の住まいを用意しておりまする。万全な防御態勢を敷いておりますゆえ、ご安心くだされ」

「かたじけない」

秀家らは下船したばかりの小舟に再び乗り込み、山川港から牛根へと向かった。

牛根郷は錦江湾《きんこうわん》をはさんだ桜島の裏手にあり、この地に住む豪族『平野一族』は約七十町歩の山林を有していた。

『平野一族』は平家の一族で、源平合戦に敗れ、安徳天皇《あんとくてんのう》が壇ノ浦に入水したあと、平家の落人として牛根の地に土着したと言われている。

山腹に上屋敷、錦江湾側に下屋敷を持っていたが、平野は今まで暮らしていた上屋敷を秀家のために明け渡し、自身は下屋敷へ移った。

「わざわざ明け渡していただかなくとも空いている一角をお貸しくだされればよい。あまりにも申し訳ない」

秀家は何度も辞退を申し入れたが、平野は強行に下屋敷へと移っていった。秀家は恐縮しながらもありがたく上屋敷に住まわせてもらうことにしたが、住み心地はすこぶるよかった。屋敷の隣には付人や使用人用の住宅も作られ、山を少し下ったところには警護所も置かれた。

平野家は一族あげての秀家支援に乗り出したのだった。

この屋敷は宇喜多屋敷（うじゃき）と呼ばれるようになり、秀家もここでは久福《きゅうふく》と名乗ることとした。

秀家はここで日の出とともに起床し、毎日一里ほどの距離にある神社に欠かさず参拝するという規則正しい生活をした。

この神社は居世神社《こせじんじゃ》といい、古い言い伝えがあった。

古代十二月二十九日、一人の農夫が塩を汲みに海辺に行くと、一艘の漂流舟があった。傍らには泣いている子どもがいたという。

そしてその子どもこそが欽明天皇《きんめいてんのう》の皇子であった。農夫は七歳の皇子を大事に育てたが、十三歳で皇子は逝去したという話である。

この欽明天皇在位の頃といえば、朝鮮の動乱期で、任那《みまな》の日本府が滅亡した時期である。

居世神社の言い伝えを地の者に聞いた秀家が、自分の身の上と重ね合わせたかどうかはわからないが、秀家は雨の日も風の日も几帳面に参拝した。

「勘十郎、島津殿の屋敷まで使いに行ってくれぬか」

ある日、神社から帰った秀家は家臣の黒田勘十郎を呼んで言った。

「かしこまりました。して、何の御用で」

「琉球征伐じゃ」

「琉球ですと」

勘十郎は一瞬耳を疑った。関が原合戦では大将を務めた秀家ではあるが、今の立場ではとても兵を挙げる能力はない。

「琉球国は朝貢《ちょうこう》を失して礼がない国じゃ。琉球を征服して薩摩の配下に置いて差し上げたいのじゃ」

秀吉存命の頃、因幡国《いなばのくに》の亀井茲矩《かめいこれのり》が秀吉の許可を得て、琉球征伐を企てたことがあった。そのとき亀井の計画を中止させたのが島津氏であった。その恩を忘れた琉球の非礼に対して秀家は兵を挙げ、島津の領地拡張に貢献したいと考えたのだ。

「そこで、船と若干の兵士の調達を島津殿にお願いしたい」

勘十郎は驚いた。秀家が合戦の第一線から退いて一年余り、ましてや世を儚《はかな》む立場にもかかわらず進んで戦を仕掛けようとしている。

毎日の神社参拝でこのようなことを願っていたのだろうか。根っからの戦士なのだろうと勘十郎は感服した。

勘十郎は早速秀家の願いを島津に伝えるために鶴丸城を訪ね、数日後に帰ってきた。

「結論を申し上げますと、殿の願いは聞き入れられないとのことでございました。島津家は徳川との和睦も成り立っていないことを気になさっているようでございます。要するにこれ以上他人を庇護する余裕がないということでございます」
「さようか」
秀家は唸った。いろいろな考えが頭の中を巡った。島津家が徳川家との和睦を希望していると
なると、秀家を匿っていることは和睦成立の障害となる。島津はいつかはきっと秀家の身柄を徳
川に差し出すことになるだろう。
油断している場合ではない。秀家は気を引き締め、口を固く結んだ。
「殿、それともう一つ、島津の家来衆の噂によりますと、岡山城開城の折、受取に出向いたのが
戸川達安、宇喜多詮家、花房職之ら宇喜多家元家老であったそうでございます。私は悔しゅうて
なりませせぬ。戸川たちはどんな気持ちで城を受け取りに出向いたのでしょうか。徳川の悪意、許
すべきことではございませぬ」
宇喜多家元家老たちは後に徳川家から家督を与えられている。宇喜多詮家は坂崎出羽守直盛《さかざきでわのかみなおもり》と
改名し、石見国津和野《いわみのくにつわの》三万石、戸川達安は備中庭瀬《びっちゅうにわせ》二万九千石、花房職之は備中高松《びっちゅうたかまつ》八千二百石
であった。
「そうであったか」
勘十郎から報告を聞いた秀家は勘十郎ほど悔しい思いはしなかったが、自分が置かれている立
場が危ういことを思い知らされた。
「勘十郎、わしはまだ武士としての意地を忘れたわけではないぞ」

「もちろんでございます。不肖黒田勘十郎、どこまでも殿について行きまする」

秀家は島津家に断られても琉球征伐を諦められなかった。平野家は密かに船と集めた兵士を秀家に進呈した。兵士といっても素人同然の田舎侍であったが、秀家は平野家の厚意に心から感謝した。

そして集められた数百人の兵とともに秀家は牛根の港から琉球に向けて出発した。

しかし船は吹きすさぶ大風にあおられた。

もともと古い船であちこちが風によって破壊され、それによって寄せ集めの兵士たちの士気は見る間に下がっていった。

覚悟を決め、最後の戦いに挑んだ秀家も途中で引き返すしかなかった。

「無念じゃ。わしの運も尽き果てたのであろう」

牛根の宇喜多屋敷に帰ってきた秀家は元の規則正しい生活に戻り、以後二度と自から動くことはなかった。

慶長八年（一六〇三）正月、秀家の許に島津の家臣、伊勢貞成が訪ねてきた。

「宇喜多殿に大変重要なお知らせがございまする」

秀家に対峙した伊勢は神妙な面持ちをしていた。

「実は旧年末に島津家と徳川家の和睦が成立いたしました。島津家は本領安堵を許され、家督は義弘殿三男、忠恒《ただつね》殿に相続されたのでございます」

伊勢はここで大きく息を吸った。秀家は下を向き、「クックッ」と小さく笑い声をもらした。

「つまり、わしの存在が和睦には邪魔だということじゃな」

「いえ、そんなことはございませぬ。ただ、徳川と和睦が成立した以上、宇喜多殿を隠し通すことは難しいということでございます」

伊勢は額に汗を滲ませながら両手をついた。

「それで、わしはどうしたらよいのか」

「ただいま、加賀の前田殿と相談のうえ、助命嘆願の書を提出する手はずを整えておりまする。そのうえで、宇喜多殿の身柄を徳川のほうへ引き渡すという段取りのようでございます」

「了解いたした。この二年間、島津殿には本当に世話になった。どのような処遇もお受けいたそう」

秀家は覚悟を決めた。これが潮時であろう。これ以上は誰にも迷惑をかけられない。

秀家生存の報は本多正信を通じて家康にも伝わった。

家康は激怒した。

「宇喜多秀家は徳川反逆の棟梁である。その罪は到底許すわけにはいかない」

家康は家臣となった進藤三左衛門を呼び出した。

「秀家が自害したというのは偽りであったな」

「偽りでございました。かくなるうえはこの首を差し出す覚悟でございます」

三左衛門は額を床にこすりつけた。それを見て家康はニヤリと笑った。

「まあよい。忠義ある家臣としては当然の行いであったであろう」

三左衛門は家康の許しを得てそれまで通り、徳川の家臣として務め上げた。

家康が進藤三左衛門を許したのは、三左衛門の忠義に感心したこともあるだろうが、家康は秀家が生きていることを薄々感づいていたのかもしれない。知ってて知らぬ振りをしていたということも考えられる。家康の望みは秀家の首であり、三左衛門の首ではなかった。

しかし、秀家の処遇は島津家と前田家が提出した助命嘆願が功を奏し、死一等を免じられた。

その報を聞いた秀家は家来衆を呼び、これからのことを話し合った。秀家は潔く伏見に出頭し、この身を徳川に委ねる決意であることを語った。

勘十郎たちは悔しさに耐え忍びながらも主君秀家の決断に従うことを納得したが、秀家たちを匿ってくれていた平野家は異を唱えた。

「島津殿は何を考えているのだ。宇喜多殿を匿うといっても名ばかりで、何もしていないではないか。宇喜多殿、何も心配することはござらぬ。わしらが最後まで宇喜多殿を守ってみせまする」

平野は手下に昼も夜も一日中交代で宇喜多屋敷を警護するように命じた。島津の使いの者が秀家たちを引き取りに来ても平野一族が体を張って追い返した。

「平野殿、これ以上おぬしらに迷惑をかけられん。わしは合戦で徳川に負けたのじゃ。徳川の意向に背くわけにはいかぬ」

秀家は自分が原因で島津家と平野家の関係が悪くなることを恐れた。しかし、平野の態度が変わることはなかった。

「宇喜多殿は何も心配しないでいただきたい」

平野は秀家の穏やかな人柄に惹かれていたのだ。二年余りの間、秀家の暮らしぶりを見ていた平野は生真面目で穏やかな暮らしぶりの秀家を全力で守りきろうとしていた。

しかし、島津家もまた諦めなかった。

慶長八年（一六〇三）八月、いつものように居世神社に参拝した帰り、秀家は数人の侍に囲まれた。侍たちの言葉遣いは丁寧ではあったが、有無を言わせぬ態度で秀家に同行を迫った。

侍たちはもちろん島津家の者たちで、秀家は牛根港よりそのままの姿で伏見に護送された。

伏見にて秀家は自分に下された処分を聞いた。死罪を免じ、駿河国《するがのくに》久能山《くのうざん》幽閉《ゆうへい》というものである。

徳川方の家臣たちの間では奥州あたりに流されるのではという噂がたっていたが、久能山という近場であったため、徳川の寛大な措置に首をかしげる者も多かった。

それはともかく久能山で囚人生活を送る秀家の気持ちはすこぶる快適であった。それは秀家の胸の中にあったある思いから来るものだった。

「いつかまた必ず、豊臣の天下が巡ってくる。それまで我慢を重ね、力を蓄え、そのときを待っているのだ」

　こんな生活が二年続いた慶長十年（一六〇五）四月、家康は将軍の座を退き、嫡男秀忠が二代将軍となった。

　秀忠は、久能山の秀家に改めて処分を下した。

　曰く『死一等を減じ、八丈島への遠島を申し付ける』。

　秀家が江戸湾から八丈島に向け、出発したのは、翌慶長十一年（一六〇六）の四月のことだった。

17　人生の意味

その船は八重根の港についた。

御用船が到着する時期ではなかったし、幕府の旗印もなかった。

それは備前上道郡《びぜんじょうとうぐん》から年貢を江戸へ回送する船が難破漂着したものだった。

その船の主、商人港屋《みなとや》は、この島に旧国主である宇喜多秀家がいると聞いて早速屋敷を訪ねた。

「驚きました。こんなところで殿様にお会いするとは」

港屋は秀家の粗末な着物、閑散とした家の中を見回して驚きの表情でつぶやいた。

「もう殿ではない。ただの流人ぞ」

秀家は鷹揚に言った。

「して、おぬし備前から参ったという話じゃが、今の備前の領主は誰じゃ」

「池田様でございます」

秀家の眉が微かに動いた。

「ああ、三左か。あいつも運のいい奴じゃな」

秀家が三左と呼んだ池田三左衛門輝政《いけださんざえもんてるまさ》はもともと美濃国大垣城主《みののくにおおがきじょうしゅ》で、秀吉の仲介で家康の娘、督姫《とくひめ》を娶った。関が原の合戦では徳川方に与し、功を挙げ、播磨姫路城《はりまひめじじょう》を領した。だが実際は岡山城に入城したのは輝政ではなく次男忠継《ただつぐ》であった。

秀家はひと呼吸おいた後、港屋に尋ねた。

「秀秋はどうした」

「小早川様ですか」

「うむ」

あの関が原で西軍を裏切った小早川秀秋は秀家にとって名前を口にするのも憚られるほど嫌悪する人物だった。

「小早川様はとうに亡くなられました」

「なに。なにかあったのか」

「いや、それは定かではございませんが、巷では関が原の合戦で自害された大谷刑部様の祟りではないかと噂されておりました」

「そうであったか」

秀家は遠い昔に思いを馳せた。

宇喜多家騒動の折、秀家のために奔走してくれた大谷吉継が、再び秀家の恨みを晴らしてくれたのかもしれぬ。なんという深き縁であろうか。

港屋は江戸に届ける年貢米の一部を秀家に贈呈した。そのお返しに秀家は島に来る前に薩摩の牛根で詠んだ和歌を港屋に与えた。

『うたたねの夢は根牛の里にさへ都忘れの菊は咲きけり』

大名としての生活は今となっては夢のようで、現実であったとは思いがたい。備中商人の来訪はつかの間、秀家に昔の華やかな時代を思い出させた。しかし、それは単なる思い出であって、これから先その世界に戻ることはあり得ない。戻りたいとも今は思わないが、秀家はそんな自分が切なかった。

そんなある日、小平次が島の娘を連れてきた。

まだ幼い顔立ちをしており、どことなく小平次に似た雰囲気があった。

「父上、わしもそろそろ所帯を持ちたいと思っております」

九歳でこの島に来た小平次ももうすでに二十代半ばになっていた。

娘は三根村郷士浅沼家の『きよ』といった。

三根村は秀家の屋敷からは島の反対側にあったが、太助が浅沼家の雑用を請け負っており、小平次も太助について出入りするうちに親しくなったという。

二人は祝言をあげ、秀家の屋敷から少し離れた場所に家を建てて暮らし始めた。

二人の息子が独立し、五十代にさしかかった秀家は、次第に落ち着いた生活を求めるようになっていった。

秀家は晴れた日の朝のうちは魚を釣りに、雨の日は土間で菰を編んだ。そして昼下がりには筆をとった。

秀家はもともとお家の財政を逼迫させるほど風雅を好んだ人物である。今の立場では茶の湯や鷹狩などは望むべくもないが、和紙が手に入ると書画を認め、遠い昔を懐かしんだ。

これは秀家が島での暮らしのすべてが日常茶飯事となったと同時に、本土に帰ることを半ば諦めたからでもあった。今、自分が置かれている立場で、精一杯の潤いを求めたのだ。

いつしか在島二十年を迎えようとしていた。


寛永二年（一六二五）の秋口、朝夕冷え込み始めた頃、阿いと登らが立て続けに倒れた。

阿いは以前から時折体の不調を訴えていたが、ある朝、布団の中で大量の血を吐いた。

高熱が続き、体はどんどん衰弱していき、痩せて目が濁ってきていた。

直ちに道珍斎を呼んで診てもらったところ、阿いは咳気であった。

秀家は愕然とした。秀吉公と同じ病である。

「どうなんだ、道珍斎。阿いはもう助からないのか」

道珍斎は困り果てた。

秀家は悔いた。どうしてもっと早く病に気づいてやれなかったのか。しかし、早く気づいたとしてもどうなるものでもなかったかもしれないが。

家の細々したことを一切取り仕切ってくれていた阿いが寝付いてしまった今、代わりができる者はいなかった。

見るに見かねたいさが炊事、洗濯を時々手伝いに来るようになった。はじめのうち、いさが来ると、阿いは対抗するかのように無理して台所に立とうとしていたが、やがて諦めたのか徐々にいさに任せるようになった。

そしてとうとう阿いは一日のほとんどの時間を床の上で過ごすようになってしまった。

同じ頃、太助に嫁いだ登らも激しい咳をするようになった。道珍斎によると、少し前にかかった感冒が悪化したようだった。道珍斎に言われて太助は島に生えている松の木を探し、松葉を大量に採ってきては煎じて飲ませていたが、いっこうによくなる様子はなく、翌年の二月、登らは三十六歳の若さで呆気なく死んでしまった。

太助の嘆きは尋常ではなかった。

「わしのせいじゃ。子どもも生ませてやれず、何もしてやれなかった。登ら、許してくれ」

亡骸にすがって太助は号泣した。

秀家も同じ思いだった。わずか十六歳の登らを遠島に同行させた。島での苛酷な生活が登らの命を縮めたことは否めない。

「いや、登らは良き伴侶を得て幸せだったに違いない。働いているとき、登らは実にいい笑顔をしていた。そんな登らが不幸だったわけがない」

道珍斎がしみじみと噛みしめるように言った。

登らの死は病床の阿いには伏せられた。病状に及ぼす影響が案じられたからだ。

登らの弔いが終った翌日の朝、奥の間から阿いがか細い声をあげた。

「どうした、阿い」

秀家が見に行くと、阿いは起き上がっていた。

「今、登らの声がしましたが、登らは来ているのでしょうか」

秀家は言葉に詰まった。

「登らを呼んでいただけますか。登らに頼んでおきたいこともありますので」

「いや、登らは来ていないようだが」

「そうですか。登らが私を呼んでいるような気がしましたので」

登らがあの世から病床の阿いを呼びに来たのだろうか。

それからというもの阿いは毎日のように登らの動向を秀家に尋ねた。

根をあげた秀家は道珍斎に相談した。

「もう限界じゃ。登らのことを隠し通すことはできぬ」

「参りましたのう。それでは私から話すとしますか」

道珍斎はいつものように診察を終えた後、阿いに話しかけた。

「阿い、近頃、登らのことを気にかけているという話だがね」

阿いは上半身を起こして道珍斎を見た。

「この頃、登らの夢を見るんです。殿に言っても全く登らを連れて来てくださらないものですから。登らは元気にしているのでしょうか」

道珍斎は阿いの両手を包むように握り締めた。

「すまぬ、阿い。登らはひと足先に旅立った。感冒をこじらせてな。私の力不足で助けることができなかった。すまぬ」

阿いはしばし呆けた顔をして道珍斎を見つめていたが、コトンと肩を落とし、大きく息をついた。

「それで……。それで登らは私を呼びに来ていたのですね。毎晩、毎晩、私の夢の中に出てきては何か言いたげな顔をしているんです」

「それは違う、阿い。登らは自分の寿命を阿いに使ってもらいたがっているんだ。自分の分も阿いに生きてほしいと思っているのだよ」

「そんな。私の寿命を登らにあげたのに」

周囲が危惧した通り、阿いの嘆きは病状にも影響した。やがて阿いは歩行困難になり、起き上がることもできないほど衰弱していった。

そんな阿いがある日、いさに声をかけた。

二月にしては暖かく庭の梅の蕾がふくらみはじめていた。

枕元にいさが座ると、阿いは弱々しいが、しっかりとした声音で言った。

「いささんにお願いがあります。私が亡くなった後のことですが、どうか殿様のことをよろしくお願いいします」

「何をおっしゃるんです。阿いさん。早く元気になってくださらなければ困ります」

いさは阿いの手をしっかり握って言った。

「私はもう死ぬのは怖くありません。先に逝った登らが私を待っていてくれているでしょうから。ただ、私は殿様より先に行くことが申し訳なくて――。どうか、どうか殿様をよろしくお願いします」

いさは阿いの気持ちを思うと涙をこらえることができなかった。

阿いは穏やかな顔で見つめた。

「いささん、私は本当はもっとあなたと仲良くしたかった。ごめんなさいね。殿様とあなたが親しくなるのを見て妬んでいたんです。もう私に遠慮することはないですから、どうか殿と幸せになってくださいね」

阿いはこれだけ言うと目を閉じ、眠り続けた。

阿いは夢を見ていた。

息子兵太夫が元服し、加賀藩の藩士となるまでの長い長い夢だった。幼い頃に別れた兵太夫がどのように成長したかわかるはずがないというのに、夢はことごとく知っていたかのように続いた。夢の中の兵太夫はどことなく秀家に似ていた。

「阿い、阿い」

秀家の声に阿いは目を覚ました。

「阿い、気がついたか」

安堵の表情を浮かべた秀家の顔が阿いを覗き込んでいた。

「殿様、申し訳ございません」

起き上がろうとする阿いを秀家は押し止め、両手を包み込んだ。

「殿様、長い間、誠にありがとうございました。殿様より先にいくことをどうかお許しくださ
い」

「なにを申しておるのじゃ。弱気になるな。わしはそなたの恩にまだなにも報いておらぬ」

秀家は阿いの両手を握りしめた。

「なにを申されますか」

「阿い、幼い兵太夫と別れてどんなにか苦しかったことであろう。わしはそなたの人生を変えてしまった」

弱弱しい笑顔で阿いは言った。

「殿様、ご安心くださいまし。いま夢の中で兵太夫と会って参りました。これからは自由にいつでも兵太夫のところに飛んでいけます」

こらえきれずに秀家の目から涙がこぼれ落ちた。

「殿様、島での暮らし、ほんとうに楽しゅうございました」

阿いは安心したように深い眠りに落ちた。

寛永四年（一六二七）春、阿いは一度も意識を取り戻すこともなく四十八年の生涯を閉じた。春とは名のみのまだ寒い日、阿いの野辺の送りが執り行われた。その夜、珍しく雪が降った。物悲しい夜の雪を眺めながら、秀家はお豪に手紙を書いた。

『豪。いかがお暮らしかと案ずるのも大儀になってしまった。許してくれ。阿いが亡くなった。次兵衛も登らも亡くなった。兵太夫はどうしておるであろうか。こちらでは雪が降っておる。加賀の冬は寒いであろう。そなたが一人で過ごしていると思うと心が痛む――』

翌日、雪は雨に変わり、三日間降り続いた。

四日目、秀家は空が晴れていることを確かめると久しぶりに『白』と海に行った。

本土の方向に向かい、秀家は黙って立ち尽くした。

「お豪」

と秀家は『白』を呼んでみた。

自分がこの世にいるうちにお豪と再会できる日は望めそうもない。波はいつになく荒れていた。

「お豪、きょうはあまり釣れないいな」

秀家が釣りをしながら、話しかけると後ろから声がした。

「殿、『白』はお豪様の代わりにはなりませぬぞ」

振り向くと道珍斎だった。

「道珍斎か。びっくりしたぞ。『白』が口をきいたのかと思った」

道珍斎は秀家の隣に腰をかけた。

「登らも阿いもいなくなって寂しい限りですな」

「諸行無常じゃな。この世はすべてはかないものなのじゃ」

「思い出しますな。はじめてこの島に来た当事のことを。あの頃は朝から晩まで食糧探しでしたな」

「それは今でも変わらぬ」

あの燃えるような赤黒い島の土を踏んだときから闘いは始まっていたのだ。

あの日、秀家と共にこの地に立った総勢十三人は、あれから二十一年経ち、ずいぶんと様変わりした。

孫九郎、小平次、道珍斎、太郎右衛門、久七、半三郎、才若はそれぞれ所帯を持ち、次兵衛、阿い、登らはこの世を去った。十三人居た屋敷は今は秀家と中間の弥助と市若、三人だけになってしまった。そして秀家は五十五歳になっていた。

「殿、これからどうなさるのですか」

道珍斎はことさら明るい調子で秀家に声をかけた。

「どうするとは」

秀家は隣に寄り添う『白』の頭を撫でながら、ほんの一瞬言葉を止めた。

「どうするも何も今まで通りじゃ。魚釣り、畑仕事、菰編み。そして家族の無事を念じ、亡くなった者たちの冥福を祈る。今まで通りの毎日じゃ」

道珍斎は秀家と『白』をしばし眺めていたが、やがてゆっくりと口を開いた。

「殿、いさ殿を迎えられたらいかがでしょう。いや、所帯を持つというより機織り女として同居させては」

「何をたわけたことを。いさ殿はそんなおなごではない」

「殿がいさ殿をどのように思っておられるのかはわかりませぬが、いさ殿も人並みの心を持ったおなごです。島に来て二十年、いさ殿は変わらず殿に尽くしてこられたではありませぬか。殿といさ殿の心のつながりを私がわからないとでもお思いですか」

その日の道珍斎の口調はいつになく激しかった。

「殿はお豪さまに遠慮なされているのでございましょう。でも、それなら徳川からご赦免が下りたときに帰るべきだったのです。お豪さまもきっとそれを望んでおられたに違いありませぬ」

「たわけ。わしはもうそんなことで悩んではおらぬ。たがいに死んでしまったと思えばよい。なまじ生きておるから叶わぬ望みをかけるのじゃ。お豪にはもう生きて会えるなどはおろか死んでも会えぬのじゃ」

「なにをおっしゃりますか。望みを持って生きてゆかねば、生きていく価値などありませぬぞ」

道珍斎から顔を背け、秀家は言った。

「もうわしは悩みとうない。望みが叶わぬことで悩みとうないのだ」

「いいえ、殿様。悩むことをやめてはなりませぬ。人間は悩んで悩んで大成するのです」

「こんな年になってもまだ大成しなければならぬのか」

「人間、命尽きるまでは前に向かって生き続けなければなりませぬぞ。殿様、どうか、いさ殿のことお考えくだされ」

その日はなぜか一匹も釣れなかった。

とぼとぼと重い足取りで屋敷に戻った。

屋敷に帰るといさが拵えた夕餉の香りが秀家の心を満たした。

男だけの食卓は殺風景で話も弾まない。

これまでもいさに一緒に食事をしていくように声をかけたのだが、いさはその言葉に甘えることはなく毎日決まった刻になると家に帰っていった。

いさの父親は数年前に病死し、母親も後を追うように亡くなっていた。息子の与市は前年に所帯を持った。古びた家にいさは一人で暮らしていた。

「いさ殿、たまには飯を食っていかれよ」

「ありがとうございます。けれど」

「わしはいさ殿を下女にしたつもりはないのじゃが」

いさは一瞬、表情を止め、考えているようだったが、

「それでは今日はありがたくいただいてまいります」

と頭を下げた。

男所帯にいさが加わっただけで、夕餉は華やいだ。

「いささん、これから毎日、ここで食べていったらいかがですか。殿、よろしいですよね」

弥助は口いっぱいに頬張りながら秀家を窺った。

「うむ。わしに異存はないが」

秀家は道珍斎の言葉を思い起こしながら、平静を装った。

「殿、ご異存がないのでしたら、いささんにはっきりとおっしゃってくだされ。殿がおっしゃれば、いささんだって異存はないでしょうから」

市若も弥助に同調した。

「なんだ、二人でわしに意見をするのか」

久しぶりに三人で笑った。

いさはそんな様子を微笑んで眺めながら、ふと阿いの最後の言葉を思い出していた。

『どうか殿のことをよろしくお願いします。殿と幸せになってください』

幸せとは何だろう、といさは思った。

阿いが言っていた幸せとは、秀家といさが夫婦になることなのだろうか。それは阿いが長い間夢見、追い求めていた幸せだったのではないだろうか。阿いが居なくなったからといって自分だけが幸せになってよいのだろうか。しかも秀家には本土で待っているお豪様がいる。阿いが言った幸せとはどういう意味なのだろうか。いさは阿いにもう一度会いたいと思った。

『殿とあなたが親しくなるのを見て妬んでいたんです』

阿いはそう言ったけれど、妬んでいたのはきっと自分のほうだ。常に秀家のそばにいる阿いが羨ましかったのだ。

「いささん、殿ももうお若くありませんから、これからもよろしくお願い申します」

「なんだ、弥助、どういう意味じゃ」

秀家と弥助の話が不意に耳に入り、いさは我に返った。

「いいえ、こちらこそ末長くよろしくお願い申します」

いさの言葉に秀家は箸を止めた。

いさはそれから十日に一度は秀家たちと夕餉を共にして帰るようになった。それが五日に一度、三日に一度になるまでに、それほど時間はかからなかった。

ある夜、いさが食事を終え、いつものように挨拶をすると、秀家がついて来た。

「殿様、どこかにお出かけですか」

「たまにはいさ殿を送っていこうかと思ってな。それに……話もある」

秀家はそう言うとしばらく黙って歩いていた。

「なにか話が――」

たまりかねていさが口を開くと秀家は不意に立ち止まった。

「阿いが亡くなってからというもの、いさ殿にはいらぬ迷惑をかけておる。誠にかたじけない」

「殿様、そんなご心配には及びません」

「いさ殿、わしは悩んでおる。阿いも次兵衛も登らもわしのために島に来た。島に来てろくによいこともなく一生を終えた。わしは彼らに何も報いておらぬのに」

秀家がなにを言いたいのかと、いさは一心に秀家を見つめた。

「わしは情けない男じゃ。周りの者を幸せにしてやれぬ。だが、いさ殿、わしはいさ殿をうちに迎えたいのじゃ。どうじゃろうか。一緒にわしと暮らしてくれぬか」

突然の言葉にいさは全身が硬直した。

「わしはずっと悩んでおった。いさ殿を幸せにしてやれないかもしれぬから。でも、わしはいさ殿を守ってやりたいのじゃ」

「その人が幸せか不幸せか、他人にはわかりませぬ。阿いさんも登らさんも、次兵衛さんもきっと幸せだったに違いありません」

いさの声は微かに震えていた。

「私は今、とても幸せです」

秀家は両腕でいさをそっと包み込んだ。

「承知してくれるか、いさ殿」

秀家の胸の中でいさは少女のように何度も頷いて言った。

「私にお豪様の代わりが務まるでしょうか」

秀家の心が揺れた。

「いさ殿、わしはそなたをお豪の代わりとして迎えるわけではない」

いさの体の温もりはお豪を思い出させた。

やはりお豪の存在は二人にとって大きかった。


いさの引越しの前に秀家は、太助を通じて島の大工、仁吉《にきち》に屋敷の修繕を頼んだ。二十年の間、雨風にさらされた屋敷はだいぶくたびれていた。

屋敷が整い、秋晴れの佳き日の朝、いさの引越しはひっそりと簡素に行われた。それでも事情を知る人たちからささやかなお祝いの品々が届いた。

名主の菊池家、島奉行の奥山家からはそれぞれ島枡三升の米、道珍斎からは魚の干物、太助からは大量の芋と豆が届けられた。

秀家は届けられた品々一つ一つに手を合わせた。

家の中を片付けるいさの姿はこれまでと変わるところはなかったが、なぜか華やいだ様子で、秀家の心も浮き立った。

「こんなに老いた身で祝いなぞいただいておこがましい限りじゃのう」

「これで殿様もすっかり島の人間と認められたということでしょうか」

「二十年経ってやっと武士の根性が抜けたからじゃろうか」

海に出かける秀家を玄関口で『白』を抱きながら見送るいさの姿に秀家は癒された。

秀家が『白』を『お豪』と呼ぶことはもうなかった。

しかし、いさを迎えてからまもなく『白』の姿が見えなくなった。

八方探したが『白』はついに見つからなかった。

「猫は自分の最期を飼い主には見せないといいますからのう」

太助の言葉に不安が広がった。

一時期、秀家の心の隙間を埋めてくれたのは紛れもなく『白』だった。いさを迎えた今、安心して『白』は姿を消したのであろうか。

秀家は『白』の無事を感謝を込めて祈った。

その年の秋の御用船に、お豪からの手紙は入ってなかった。阿いと登らが亡くなったことを記した手紙をお豪は読んでくれただろうか。それとも、病弱なお豪の身になにかあったのだろうか。

いつもの食糧と共に珍しく多めに半紙が入っていた。家に持ち帰った秀家は硯を出し、墨をすり始めたが、まもなく手を止め、しばらく思索にふけっていた。

「歌をお詠みにならないのですか」

いさがいぶかしげに秀家を見た。

「いさ殿、相談があるのじゃが」

秀家は立ち上がった。

「この紙をわし一人で使ってはもったいない。どうじゃろう。わしが島の者たちに読み書きを教えるというのは」

「それは皆、大変喜ぶと思います」

八丈の日々の暮らしは食べていくためだけに過ぎていく。そのため、ほとんどの者が読み書きもままならないことが当たり前だった。

秀家は廃材で長机を作り、手始めに隣近所に声をかけた。

子ども二人と太助を相手に秀家は読み書きを教え始めた。子どもたちは読み書きを習った後、秀家が語る昔話に目を輝かせた。

遠い海の向こうの本土で起こった合戦の顛末に子どもたちの心は奪われた。

『殿様の手習所』と呼ばれたこの読み書き塾は大盛況となった。老若男女、かわるがわる屋敷に来ては読み書きを習い、お礼に干魚や山菜を置いていった。

「このようなものがほしくて始めたわけではない。持って帰られよ」

秀家は島民たちを諌めた。

「わしはこれがこの島でのわしの使命だと思っておる。わしがやりたくてやっておるだけじゃ。礼などいらぬ」

「殿様、あまり落胆させては気の毒です。皆、律儀なのです。ありがたくいただきましょう」

いさがたしなめた。

秀家と島民との交流は末長く続いた。

秀家が還暦を迎えた正月には贈り物が屋敷の上り框《かまち》にうず高く積まれた。

「いさ殿、わしは幸せ者じゃ」

いさはにっこりと笑って答えた。

「私もです」

充足感に満ちた安穏な暮らしは続いた。

秀家は読み書きの教授と魚釣り、畑仕事、そして時折、菰も編んだ。いさが黄八丈を織る機織り機の音を聞きながら秀家は幸せを噛みしめた。

そんななか、奉公人の中では一番若く、屈強だった才若が亡くなった。魚釣り中、高波にさらわれたのだ。

そしてまもなく屋敷に同居していた弥助が病の床についた。島に来てからずっと病がちだった弥助は悪性の感冒にやられたのだ。

島に来る船の中、小平次を助けるために海に落ちた弥助は、しばらくの間、辛い日々を過ごした。仲間内からも疎まれ、そのためか弥助は所帯も持たず、最後まで秀家の側から離れなかった。

「弥助、元気を出すのじゃ。いまやわしの世話をしてくれるのは、おぬしと市若だけじゃ。おぬしに倒れられては本当に困ってしまうのじゃ」

弥助を見舞い、秀家は真剣に訴えた。

「申し訳ございません。わしは本当に役に立たぬ中間でございました。島に来てから、すっかり意気地がなくなってしまいました」

「何を言うか。船の中で小平次を助けてくれた恩は忘れてはおらぬ」

弥助はふっと口元をほころばせた。

「そういうこともございましたな。懐かしゅうございます」

「弥助、前々からおぬしに聞きたいことがあったのじゃ」

秀家の言葉に弥助は一瞬、表情を固くした。

「わかっておりまする。わしが徳川の密偵ではないかということでございましょう」

「知っておったのか」

「昔、半三郎に問い詰められたことがございます」

「さようであったか」

「殿様、わしは断じて徳川の密偵などではございません」

弥助はその眸に力を込めた。

「わかっておる。わかっておる」

「しかし、わしには殿様に申し上げてないことがございました」

「それはなんじゃ」

「わしは加賀の中村次郎兵衛様の中間でございました。殿様の流罪に同行したのは次郎兵衛様から依頼されたからでございます。殿様のご様子を定期的に次郎兵衛様とお豪様にお伝え申しておりました」

秀家は呆然とした。

「どうして今まで黙っていたのだ。隠すようなことではないじゃろうが」

「申し訳ございません。仕事も出来ぬ自分に負い目があったからでございます」

弥助は大きく咳き込んだ。

「弥助、もうよい。少し休め」

「殿様、どうか国のお豪様と次郎兵衛様によろしくお伝えください。弥助は不甲斐ない中間であったと」

弥助はそこまで言うと目を閉じた。

翌朝、弥助はそのままの姿で息を引き取っていた。

弥助の本当の素性は孫九郎、半三郎にも伝えられた。

半三郎は大声で嗚咽した。

「わしは弥助に申し訳ないことをしてしまった。せめて最後に弥助に謝りたかった」

半三郎はそれから長いことふさぎ込んでいたが、まもなく病にかかり、翌々年に亡くなった。

自分より若い者が次々と亡くなっていく事実は秀家にとって耐え難かった。罪人の従者にならなければ、喜びも哀しみも変化に富んだ人生を歩んだであろう。彼らの成仏を秀家は毎日念じた。

宇喜多の屋敷には秀家、いさ、市若の三人だけになってしまった。


寛永十一年（一六三四）春、八重根の港に御用船が着いた。それは秀家のもとに来るはずの見届品を乗せた船ではなかった。

「殿様、八重根の港が騒がしいんですが、様子を見に行ってみませんか」

太助の誘いに乗り、秀家も八重根港に向かった。

港はざわめいていた。

腰縄を付けた坊主頭の四十年配の男と、その息子であろう若い男二人、下人風情の男が一人、四人が艀から降りてきたところであった。ひと目で流人であることがわかった。秀家が流罪されて、なんと二十八年経った今、第二号となる者が流されてきたのである。

「流人のようですね」

太助は秀家を横目で窺いながら声をかけた。

「何の罪で流されたのだろう。見たところ、武士ではないようだが」

秀家でさえ死一等を減じられて流されてきたのだ。この一見平凡な男が犯した罪とはいったいなんであろうか。

四人の流人は陸に上がると腰紐を解かれ、役人に連れられ、坂道を登っていく。島奉行の屋敷に目通りするのだろう。二十八年前の心情が瞬時のうちに秀家に蘇ってきた。

翌日、流人の正体が判明した。

「殿様、客人を連れて参りました」

屋敷を訪ねてきた道珍斎の後ろには前日、八重根で見た流人の親子が立っていた。

「高木休庵《たかぎきゅうあん》殿でござる」

貧相な体つきをした坊主頭の男が丁寧にお辞儀をした。

「そしてご子息の六之丞《ろくのじょう》殿、善宗《ぜんそう》殿にござる」

まだ年端もゆかない二人の息子が精一杯律儀に頭を下げた。

「休庵殿の体調が悪いので、早速診て差し上げたのです」

秀家は四人を座敷に招きいれた。

「高木休庵にござりまする。宇喜多様のお噂は伝え聞いておりましたゆえ、お目にかかれて誠に光栄に存じます」

休庵は手をついてゆっくりとした口調で挨拶した。

「して、いかなる咎めがあったというのじゃ」

秀家の問いに休庵は手をついたまま答えた。

「私は徳川家光公の茶坊主でござりました。将軍様が鷹狩からお帰りになり、湯殿でお湯をつかうときの係り、奥坊主でござります。あるとき、うっかり湯加減を見ずに将軍様の肩口にお湯をかけましたところ、煮え湯だったのでございます。将軍様はお怒りで、私を斬首にしようとなさいましたが、老中阿部豊後守忠秋《あべぶんごのかみただあき》様のご温情で遠流の刑になったのでございます」

「さようか」

秀家は唸った。

故意でなくとも将軍に危害を与えたのであれば死刑に値する、それが武士の世界の掟である。しかし、三十年近く島で暮らした秀家にとってはそんな武士道が愚かなものに思えた。

徳川はどれだけ尊大になっていくのだろう。

「家光殿とは秀忠殿のご嫡男か」

「いいえ、ご次男でござりまする。ご嫡男長丸《ながまる》様は亡くなられ、ご次男家光様に跡目を継がれたのでござります」

秀家は思い出した。

八丈流罪を言い渡された頃、秀忠の嫡男が亡くなり、次男が無事に生まれたことを耳にしたことがあった。

あのときの子が今、征夷大将軍として江戸で君臨しているのか。ずいぶん長い間、そんな生臭い話から遠のいてしまっていた。

秀家は目の前の小柄な男が島の過酷な暮らしに耐えられるか不安を抱いた。

「さあ、休庵殿。島の暮らしが始まりますぞ。ここは食糧には困るが、江戸にはない宝がたくさんある。もっともありがたい宝は、島の人々の温かさじゃ。困ったことがあれば、なんでも申してくだされ。わしも今ではれっきとした島民であるからの」

高らかに笑う秀家を休庵ははじめて顔を上げて眺めた。

翌日、秀家は早速、休庵を伴って海に出かけた。

海風にあたると休庵は激しく咳き込んだ。

「咳気でございます。江戸にいる頃から病んでおります」

秀家は休庵を抱きかかえるように連れて戻り、道珍斎に診せた。

「命にかかわるほどではあるまいな」

「はい。空気のよい島にいれば徐々に回復するでしょう」

道珍斎の見立て通り、休庵は少しずつ元気になっていった。太陽の光を浴びながら海で魚を捕ったり、畑仕事をする休庵は日に焼けて地元の島民と見分けがつかないようになっていった。

「休庵殿の変わりようには頭が下がる。昔からここに住んでいたようだ」

「はい。これでは刑罰ではありませぬ。家光様には誠に申し訳ない思いでございます」

「自分を咎めた主君を恨んだりはしないのか」

秀家は釣り糸を垂れながら、横目で休庵を窺った。

「恨みなどとんでもないことです。元は私の失態でございます」

秀家は遠い昔、宇喜多家の騒動のときに離れていった名だたる家臣たちのことを思い出した。皆、主君である秀家を恨んでいたのではないだろうか。もし、今の自分であったら、采配も違うものになっていただろう。それだけが悔やまれる。

それにしても休庵は体が弱いとはいえ、流されてきた当初から泣き言も言わず、淡々と生きている。武士の体面ばかり気にし、強がっていた自分よりずっと格上で強い人間のように思えた。

「休庵殿は流罪を言い渡されても平静であったのか」

「それは動揺いたしました。家光様はどんなにお怒りであったろうかと自分を深く呪いました」

秀家はため息をついた。

「主君という者は勝手なものじゃ。自分を慕ってくれている家来がたった一度の過ちを犯しただけで咎めたてる」

「いいえ、殿様。家光様は少しも悪くはございませぬ。すべて私の不徳の致すところでございます」

「休庵殿、それは本心か」

「本心でございますとも」

休庵は遠い水平線に目をやり、晴れ晴れとした表情で続けた。

「自分に降りかかってくる災難、それは元をただせばすべて自分から発するものでございます。逆によいことも自分の行いが因となるものです。すべて自分次第の世の中でございます」

「そうかもしれぬな」

「自分が変われば周りも変わっていくものです。どこにいても地獄にも天国にも変えることができるように存じます」

休庵とのふれあいで秀家は新しい世界が広がった。

思い返せば休庵の言う通りだった。島に来た当時、徳川への恨みでふさぎ込んでいる秀家は家人たちを暗くした。しかし、釣りや畑仕事など自らが楽しみながらできるようになった頃から屋敷の者たちが明るくなってきたのであった。

『自分が変われば周りも変わる』

自分に言い聞かせるように心中でつぶやいた秀家はすでに六十二歳になっていた。

老いてからでも自分を戒め、向上させる努力を怠らなければ、自分も周りも愉快でいられる。休庵に教えられたことは生きていくうえでの究極の原理であった。

しかし、人生には努力をしてもままならぬことが起こる。

ついに秀家が最も恐れていた便りが来たのだ。

寛永十一年（一六三四）それは秋の御用船に乗ってやってきた。

『まずは急ぎ申し上げます。奥方お豪の方様、御卒去のこと、謹み申し上げます。去る五月二十三日、御養生叶わず、御逝去なされました』
文を持つ秀家の手がぶるぶると震えた。
秀家はそのまま屋敷を飛び出した。
南原の海岸で秀家は立ち尽くした。
「お豪――」
加賀から旅立ったお豪に届けよとばかり声を限りに叫んだ。
『世の中の出来事はすべて自分から発するもの』
休庵から教わった世の中の原理は秀家を苦しめた。
「わしが悪い。すべてわしのせいじゃ。すまぬ、お豪。許してくれ」
赤黒い溶岩の浜に手をついて秀家は号泣した。
いつになく波は高かった。
波の音が秀家の声を掻き消していった。

18 お豪の経緯

お豪は金沢城鶴の丸《かなざわじょうつるのまる》で六十年の数奇な一生を終えた。

秀家と大坂備前屋敷で別れてから二十八年後であった。その間、お豪はいつ何時も秀家と二人の息子の無事を案じ続けた。

お豪を勇気づけていたのは別れ際に秀家が発した『生きていれば必ずまた会える』という言葉であった。この言葉を胸に、数人の従者を伴い、愛娘の貞姫とともに加賀の前田家に帰郷したお豪は、兄の前田利長や中村次郎兵衛に迎えられた。

化粧料千五百石を与えられたお豪は不自由のない生活を送ったが、心が満たされることはなかった。秀家への思慕は激しく募るばかりだった。

そんな中、お豪は自分が懐妊していることに気づくのである。関が原合戦に敗れた秀家と密かに過ごした数か月の間に身籠ったのだった。

翌年、お豪は出産する。もともと病弱なお豪にとって出産はさらに体を痛めるものとなったが、生まれてきた赤子を見て安堵する。女の子であったのだ。

「そなたはおなごでよかった。男であったらいつか戦にとられてしまうもの」

赤子は冨利姫《ふりひめ》と名づけられ、お豪自ら育て上げた。

この冨利姫誕生はついに秀家には報告されないままとなった。

「秀家様に知らせることは無用じゃ。島のお務めの邪魔になります。いつか本土に帰ってこられたとき、秀家様、どんなに驚かれることか」

このことを話すときのお豪は邪気のない少女のような笑顔だったという。

金沢は有数のキリシタン信者の町であり、すでに洗礼を受けていたお豪は遠く離れた八丈にいる秀家一行の無事を神に祈り続けた。

しかし、徳川家康から発令されたキリシタン禁止令により、家臣の次郎兵衛とともに改宗を余儀なくされた。

キリスト教信仰を止められたお豪の次なる心の拠り所は、秀家が住む八丈島への仕送り許可を幕府に認めてもらう試みであった。

許可はなかなか下りなかった。

「許可が下りなくともかまいませぬ。秀家様に物資をお届けするのです」

お豪が密かに御用船に乗せた仕送りの品は秀家のもとへは届かなかった。

正式に見届け品が許されたのは秀家が島に着いて八年後のことだった。

二年に一度、幕府の御用船に乗せる秀家と息子たちへの贈り物がお豪の生きがいであった。

「この身がもっと丈夫であったなら、御用船の荷物に隠れてでも秀家さまのもとへ参りたい」

見届け品を送るたび、お豪は人知れず呟くが、それが叶わぬことはわかっていた。

お豪はただ待ち続けた。

他家に嫁ぐこともなく、ひたすら『生きていれば必ず会える』という秀家の言葉を信じ続けたのである。

せっかく下りた赦免を秀家が断ったという知らせを受けても、お豪は信じ続けた。

「大丈夫。秀家様は必ず戻ってきます。生きてさえいれば必ずまた会えるのです」

過酷な運命を生き抜いたお豪は、その人生の幕を閉じるまで、愛する夫、秀家を信じ、待ち続けた。

寛永十一年（一六三四）夏、お豪は没した。お豪の人生を悲劇的に捉えることもできよう。しかし、お豪の一生はあふれるほどの愛に満ちていた。秀家との再会を夢見、最後まで希望を捨てなかったお豪の胸中は幸せだったに違いない。

愛と波乱に満ちた六十年間が終わった。

19　永遠の夢

長い夢を見ていた。
船に乗っていた。
高瀬川を渡っているのだろうか。
激しく船は揺れる。
同乗の者たちの顔色も青白い。
向こう岸が見える。
岸にいる者の顔が見えた。
阿いが、登らが、次兵衛が手を振っている。
才若も弥助も半三郎も笑っている。
そして少し離れた高台に微笑んでこちらを見ているのはお豪だ。
「お豪――」
叫ぼうとしても声が出ない。

「お豪」

今度は小さく呟いてみた。

声が出た。

「お豪、お豪、お豪」

何度も呼んでみるが、声が届くはずもない。

船はさらに激しく揺れる。

意を決して海に飛び込んだ。

泳いで岸まで行くのだ。

波は高く、体は押し戻され、大量の海水が口と鼻の中に入ってくる。

「お豪――」

「殿様」

誰かの声が聞こえた。


「殿様」

秀家は目を覚ました。

いさと道珍斎の顔が見えた。

「気がつきましたか」

道珍斎がほっとしたように笑みを浮かべた。その横でいさが涙を浮かべている。

次の間からは孫九郎と小平次が顔を覗かせた。太郎右衛門も久七も市若も太助も涙をこらえて笑ってみせた。

南原の海岸で秀家は高波に呑まれ、溺れそうになるところを通りかかった島民に助けられ、運ばれたのだった。

「皆、来てくれたのか。もう大丈夫じゃ」

秀家は安堵して再び目を閉じた。


「殿様、お気持ちはわかりまする。しかし、生きてください。奥方様もきっとそれを望んでおられます」

「殿様、武士の誇りとは生きていくことだと申されたではありませんか」

久七、太郎右衛門の声が聞こえる。

「殿様、なんでこんなことに。わしだって登らがいなくなっても生きておるのですぞ」

これは太助の声だ。

「殿様、私は殿様に残酷なことを申しました。よいことも悪いこともすべて自分から発しているものだと。殿様はお人が好すぎます。私の申すことなど受け流してよいのです。ましてや人の寿命の長短など殿様のせいではございません。これまで通り、生き抜いてくだされ」

休庵の穏やかな声だ。

皆、秀家が自ら死を選ぼうとしたと思い込んでいる。そうではない。高波にさらわれただけじゃ。そう言おうとして秀家はまた眠りに落ちた。


「父上、母上の分も生きていきましょうぞ。あの忌まわしい関が原の合戦に集った武将たちはすべて死に絶えたと聞いておりまする。父上は勝ったのです」

孫九郎の真剣な目が秀家を覗き込む。

「殿、殿は強靭なお方じゃ。どんなご苦労にも耐えてこられた。もはや医学など超越した生命力です。私は殿様に縁して本当に幸せ者です」

道珍斎が笑顔で言った。

そして、いさは……。いさは何も言わずに微笑んでいる。


本当に長い夢だった。

南原の温かい溶岩の上で高い波を見ながら眠ってしまったのだろうか。

当時は、助けてくれた島民に、なぜ死なせてくれなかったかと理不尽な恨みを持ったことも今となっては懐かしい。

お豪の死を自分が悪いと責めてみても仕方のないこととわからせてくれたのは、周りの人々の温かさだった。

こうしてここで海を眺めていると、いつしか自分が海に同化してしまうような気がした。

お豪が死んで十数年たった。久七、太郎右衛門、太助、休庵、そして嫡男の孫九郎もすでに亡くなっている。

頼りになる道珍斎もいさももうこの世にはいない。

皆、夢の中で見たあの船に乗って、行ってしまったのだろう。

どうして自分はまだ生きているのだろう。

使命が残っているというのか。

「父上」

小平次の声がした。

小平次も鬢にところどころ白いものが見え始めている。

「またここにいたのですか」

小平次はあきれたような顔で横に座った。

「温かくて気持ちよいじゃろう」

「眠くなってしまいます。さあ、早く戻りましょう」

いさが亡くなってから秀家は小平次の家族と同居している。

「そうじゃな。また夢を見ておった」

「皆が出てくる夢ですか。わしも見てみたいものじゃ」

「なあ、小平次、わしはこの頃考えるのじゃ。若い者が亡くなったというのにわしはいまだに生きておる。これが本当の意味での刑罰なのじゃなかろうか」

「父上、それは違います。父上は勝ったのです。長い戦いでござったが、父上が勝ち残ったのですぞ」

孫九郎も同じことを言っていた。やはり兄弟だ。血は争えない。

「小平次、おぬしも侍であったら、強い武将になったであろうな」

「父上、今さら何を申される」

立ち上がった小平次に秀家はさらに声をかけた。

「なあ、小平次、わしらがこの島に来て何年になるじゃろうか」

「四十五年ですよ」

秀家はクックッと笑った。

「よく生き長らえたものじゃ。おぬしの言う通り、わしは勝ったのじゃな。戦に負けたが人生に勝った。そういうことじゃな」

小平次は七十九歳になった老いた父を見ていたが、

「さあ、戻りましょう。きよが夕餉の仕度をして待っておる」

立ち上がりかけて、秀家はまた口を開いた。「なあ、小平次、一つ相談があるのじゃが」

「なんじゃろうか」

「一日中ここにいると、八重根に着く船が高い波に揉まれるところがよく見える。船は向きがわからなくなってな、難儀をするのじゃ」

なにを言いたいのかと小平次は秀家の顔を見つめた。

「そこでじゃ。うちの庭に船の目印になる松の木を植えようと思うのじゃ」

「松は伸びるからのう。よい考えかもしれませんな」

数日後、小平次は山から松の苗木を採ってきた。

親子はそれを屋敷の庭の片隅に植えた。

「これが海から見えるようにまで伸びるじゃろうか」

「わしの魂のこもった松じゃ。必ず伸びる。伸びなければわしが死んだ後、伐ってくれてよい」

風が強く吹いている。

秀家は長かったこれまでのことを思い返した。

晴れた日もあった。雨の日も、雪の日も、風の日も――。

しかし、どんな日であろうとそこにはいつも変わらぬ自分がいた。

秀家は風に吹かれるまま充足感に浸った。

「わしが残すものはこの松だけじゃ。なにも残せなかった。また残したくもなかった」

「父上、なにを言われるか。わしがおるじゃろう。わしの子どもも兄上の子どももおる。十分宝物を残しておられるぞ」

「そうか。それはご無礼したな」

小平次と目を合わせたそのとき、風が一瞬止んだように感じた。

「父上、書でも書きなさるか」

小平次の言葉に秀家は頭を振った。

「もうよい。大儀じゃ。残すものはおぬしらとこの松と一島民としてのわしの生き様じゃ。それ以外なにも望まぬ」

「父上はこの年になってもまだ、そのようなむずかしいことを申される」

秀家は笑って言った。

「我慢しなされ。人間、死ぬまで性は変わらぬ」


その五年後、明暦元年（一六五五）十一月二十日、秀家は八十三年の生涯を閉じた。

小平次はその二年後、明暦三年（一六五七）三月六日、五十八歳で亡くなった。

秀家が植えた松は『久福の松』と呼ばれ、長い間、八重根を目指す船の目印として重用された。

エピローグ

黒潮の影響を受け、高温多湿で雨と風が多い八丈島の気候は、現在も宇喜多秀家が暮らしていた頃と変わらない。咲き乱れる花々と紺碧の海、抜けるような青い空もおそらく当時と全く変わらない情景であろう。

違いがあるとしたら、現在は東京から空路わずか四十分でこの常春の楽園と出会えるということだろうか。八丈島の空港に降り立つと、ハイビスカス、ブーゲンビリア、ストレチアなど南国情緒あふれる花たちが迎えてくれる。二百年前まで流人の島と呼ばれていた八丈島はいまや、観光の島へと変身した。

徳川の赦免を拒み、島民に成りきろうとした宇喜多秀家が、島の人々に与えた影響は少なくない。八丈方言と呼ばれる言葉は岡山の方言や公家言葉に通ずるものがあるともいわれている。また、島の人々の大らかな性質は、流人を受け入れ、共に暮らした島の記憶によるところも大きいのだろう。

秀家が戦国武将の誰よりも長寿であった要因はこの島の気候と、島民の温かな情、また明日葉に代表される生命力豊かな山野草を中心とした健康食にあるのかもしれない。

平成九年（一九九七）、南原千畳敷に秀家と豪姫の像が建てられた。備前岡山城で生き別れとなった二人は四百年の時を経て、ようやくめぐり合うことができた。秀家は島で暮らした五十年間の出来事をゆっくりと語り聞かせているのだろうか。豪姫の顔は再会の喜びにあふれている。八丈島は豪姫の目にどう映っているだろうか。

二人の視線は遠い海を隔てた、懐かしい備前岡山の方向へ向けられている。

＊この本の執筆にあたり、以下の方々に多大なご協力をいただきました。ここに御礼申し上げます。
山陽新聞社様　岡山市宇喜多史談会様　宇喜多秀臣様　宇喜多一博様　浅沼秀豊様
八丈島歴史民俗資料館様　備作史研究会会長・人見彰彦様　南海タイムス様　山下松邦様
高橋秀子様　平林敏彦様
最後に出版に尽力くださった片岡郁子、平木滋、森下紀夫各氏に心よりの感謝を捧げます。

縞田七重（しまだ・ななえ）
千葉県出身。日本大学芸術学部放送学科卒業。広告代理店勤務の後、フリーのシナリオライターとして映画、TV台本、劇画原作などを執筆。主な作品として『赤い娼婦』『太陽のきずあと』『ベースボールキッズ』など。

宇喜多秀家の松

2014年9月15日　初版第1刷印刷
2014年9月20日　初版第1刷発行

著　者　縞田七重
発行者　森下紀夫
発行所　論 創 社

〒101-0051　東京都千代田区神田神保町2-23　北井ビル
tel. 03（3264）5254　fax. 03（3264）5232　web. http://www.ronso.co.jp/
振替口座　00160-1-155266

装幀／宗利淳一
印刷・製本／中央精版印刷　組版／フレックスアート

ISBN978-4-8460-1354-7　